LIBROS DEL TIEMPO

BERNARDO ATXAGA

LISTA DE LOCOS
Y OTROS ALFABETOS

Ediciones Siruela

1.ª edición: abril de 1998
2.ª edición: mayo de 1998

Diseño gráfico: G. Gauger & J. Siruela

Plaza de Manuel Becerra, 15. «El Pabellón»
28028 Madrid. Tels.: 355 57 20 / 355 22 02
Telefax: 355 22 01
Printed and made in Spain

ÍNDICE

LISTA DE LOCOS
Y OTROS ALFABETOS

LISTA DE LOCOS
Y OTROS ALFABETOS

«El que tenga dos pantalones,
que venda uno y se compre este libro.»

G. C. Lichtenberg

CUENTO SORPRENDENTE EN FORMA DE ALFABETO

Dicen que los monjes de hace ocho o nueve siglos debían enfrentarse a públicos lejanos, a veces hostiles, reacios siempre a marchar tras los pasos de una demostración teológica o de una condena moral, y que de esa dificultad y de la necesidad de vencerla surgieron los *Alphabeta exemplorum.* Se trataba de que el peso de los discursos estuviera bien repartido, y de que cada una de las veintitantas letras del alfabeto correspondiente arrimara su diminuto hombro y contribuyera a llevar la carga: que la A demostrara la existencia del Alma, por ejemplo; o que la B tuviera a bien hablar de san Basilio; o que la C fuera capaz de resumir lo expuesto por sus dos hermanas anteriores y ofrecer una primera Conclusión. Se trataba, al cabo, de que todas las demás letras –a excepción quizás de la E– hicieran lo mismo y de que el público llegara a la Z con la atención puesta en aquellas ideas que parecían avanzar a saltos.

Cuando uno de los *Alphabeta exemplorum* llegó a mis manos, yo ya estaba preparado para entender de qué servía aquel artilugio verbal, puesto que llevaba bastante tiempo enfrentándome a públicos lejanos, a veces hostiles, reacios siempre a marchar tras los pasos de mis vacilantes demostraciones literarias o políticas. Decidí, pues, sin apenas dudarlo, apropiarme del método, y redacté enseguida un alfabeto sobre la literatura infantil que comenzaba con la A de Alicia y seguía con la B de Bagdad y la C de Collodi; luego completé otro sobre la poesía de Blas de Otero; más tarde la emprendí con los fantasmas y los plagios literarios; pasó un año, y ya llegaban a la decena los alfabetos que habían salido de mi mesa para ser leídos o publicados en los lugares más dispares. Mis amigos comenzaron a preocuparse: ¿No eran muchos alfabetos? El método estaba bien, desde luego, pero su espectacularidad obligaba a la prudencia. Tanto viaje de la A a la Z podía ser peligroso; tanto va el cántaro a la fuente que al final se rompe. Me dejé convencer sin oponer resistencia alguna. Era verdad, lo espectacular o lo crudamente original acaba resultando irritante.

«Siempre perdiz, cansa», dicen que dijo un rey. Así pues, debía despedirme del método que había aprendido de los monjes de la Edad Media y volver a los cauces expositivos normales, con sus pasos y sus fórmulas retóricas; quizás mediocres, sí, pero tan seguras y tranquilizadoras como el «Muy señor mío» de las cartas. Sin embargo, sentía cierta tristeza y, como los fumadores con el tabaco, me resistía a abandonar del todo los alfabetos. Muchos habían sido los viajes, muchas las horas pasadas entre la A y la Z durmiendo en la H de los hoteles o simplemente al raso bajo la P de las palmeras, y yo ya no era el mismo, no podía volver a los antiguos paisajes y continuar con mi vida anterior como si nada hubiera pasado. Los viajes me habían hecho comprender que el alfabeto escondía una infinidad de secretos, y que las letras –lejos de ser puras espaldas cargadoras– tenían sus propios mensajes y sus propias historias que contar. ¿No eran acaso inquietantes los alfabetos donde la H escondía un hacha, la V un veneno, y la M una...? Por otra parte, ¿cómo definir un alfabeto cuya primera y única letra fuera la A de adiós? ¿Y qué podríamos decir de los que empiezan con la A de aleluya? ¿Que siempre son alegres? De ninguna manera, porque una historia alfabética nunca es definitiva hasta que la Z pone su punto final y nos aseguramos de que ni la G, por ejemplo, era un gozo, ni la P un pozo.

Dejé de utilizar públicamente los alfabetos, pero sin llegar a abandonarlos por completo. En los ratos libres, en algunas noches de insomnio o de aburrimiento, extendía las veintitantas letras sobre la mesa y hacía solitarios: buscaba historias, mensajes, señales. A veces los encontraba y otras no; a veces los olvidaba y otras no. La historia que voy a relatar ahora no la he olvidado aún. Todo comenzó cuando levanté la primera letra y me encontré con la palabra Azar.

AZAR

Azar es una voz antiquísima que tiene su origen en la flor –*zahr* en árabe– que solía figurar en una de las caras de los dados de juego. Contra lo que pudiera parecer, la flor era fatal, y el jugador que la sacaba del cubilete quedaba inmediatamente eliminado; de ahí que *zahr* pasara a designar lo fortuito que da lugar a las desgracias, y que se convirtiera al fin en un símbolo de la malignidad del destino. Con los años y los siglos, la palabra pasó de la mesa de juego a la mesa de la vida, y con cierta facilidad además, debido sobre todo a que el terreno estaba ya preparado por las metáforas que aseguraban que ambas cosas

–la vida, el juego de dados– participaban de la misma materia. Después, con más años y más siglos, los dados cambiaron de figuras, y la flor desapareció. Perduró en cambio la palabra: «Sucedió por azar», decimos ahora refiriéndonos por ejemplo a un accidente de tráfico, y lo que queremos decir es que no hubo culpables, que el accidente sucedió porque sí, porque tenía que suceder. Con todo, bastaría que aguzáramos la vista para percibir, alrededor de cualquier desgracia, la sombra de una flor maligna...

¿Ve el lector esa sombra en estos comienzos del alfabeto? Quizás todavía no, porque acabamos de empezar. Sin embargo, si algún protagonista tiene esta historia que letra a letra vamos a desvelar, ése es el Azar. Recuerdo haber visto una obra de teatro en la que un sumo sacerdote se dirigía al personaje principal gritando: «¡Tu nombre está escrito con letras de fuego!». Sin gritar, yo puedo decir lo mismo: en este alfabeto, la letra que simboliza el Azar es una A de fuego, y ninguna otra puede empañar su brillo de estrella; de estrella lejana, maligna...

Pero la literatura no vive sólo de protagonistas, y la estrella –que es una flor, que es el Azar– acompañará en esta historia a otros personajes no tan mayúsculos. Y como no está bien hablar de quienes todavía no han sido presentados, reseño ahora, por orden probable de aparición, la mayor parte de esos personajes. Son los siguientes, a saber: Antonio, soldado republicano, de 25 años, natural de Bilbao; Ana, maestra, de 24 años, también de Bilbao; Alberto, soldado republicano, de 27 años, natural de la aldea de Albiztur, Guipúzcoa; Aldo Amiani, teniente de las fuerzas italianas que intervinieron en la guerra civil española, de 30 años, natural de la ciudad marítima de Ancona.

Pero olvidémonos del Azar por un momento, y levantemos la segunda letra del alfabeto para ver por dónde ha de seguir la historia de toda esta gente. Y ya está, ya la he levantado, es la B de Bilbao.

BILBAO

«Oh, Bilbao, Bilbao, qué bonita es la luna de Bilbao», escribió un poeta alemán, y precisamente a la luz de esa luna solían pasear, a comienzos de 1936, dos de los personajes que acabo de presentar, Antonio y Ana. El pálido astro aparecía luego en los poemas que él copiaba de una revista literaria local para enviárselos a ella. Uno de ellos, del poeta Lauaxeta, decía:

Preguntas si de verdad te quiero
a la luna que se desliza por tu ventana;
te pasas la noche sin poder comprender
al ruiseñor que habita en el rosal blanco.

Se lo preguntas suavemente al viento;
él prefiere jugar con tus cabellos.
¿Lo sabrán acaso los astros?
Todos te besan amorosamente.

Se lo preguntas al cielo azul,
a las olas del océano, al mundo entero.
Pero, querida mía, era a tu corazón
a quien debías habérselo preguntado.

Hacía bastante tiempo que Ana conocía los sentimientos de Antonio, y ya no necesitaba de tanta pregunta; pero leía los poemas, éste de Lauaxeta o cualquier otro, una y otra vez, hasta cansarse, hasta quedarse dormida con la imagen del hombre que, sin lugar a dudas, la amaba profundamente. A la mañana siguiente, aprovechaba el recreo escolar para repasar las enciclopedias o los cancioneros y encontrar allí, con un poco de suerte, las palabras que encajaran bien con las que ella había recibido de Antonio y que sirvieran para alargar, para matizar, para embellecer la conversación que los dos habían iniciado en el momento de conocerse. Cuando eso ocurría, Ana copiaba el poemilla o la canción, y ponía una nueva carta en el correo:

Luna que reluces,
toda la noche alumbres.
¡Ay, luna que reluces,
blanca y plateada,
toda la noche alumbres
a mi lindo enamorado!
Luna que reluces,
toda la noche alumbres.

Se veían todos los días, después de que Antonio saliera de su trabajo en las oficinas de los astilleros, pero ninguno de los dos sabía cuándo recibiría la carta con el poema o la canción. Los envíos eran secretos y pretendían la incertidumbre y la sorpresa, multiplicar el sentido de sus paseos bajo la luna. Poco a poco, Antonio y Ana iban formando su propio mundo y separándose del resto de la gente. Para cuando llegó el verano ya estaban, literalmente, en la luna. La consideraban benéfica, y se encomendaban a ella.

Pero, benéfica o no, la luna seguía siendo un astro menor, y nada podía hacer contra la maligna influencia de aquella poderosa estrella que era una flor que era el Azar. En el mes de julio se produjo un levantamiento militar y estalló la guerra. Antonio fue movilizado. Y ya no hubo más paseos. Hubo cartas, sí, pero éstas –que habían llegado a ser diarias– fueron distanciándose en el tiempo. Y el tiempo pasó. Pasaron exactamente cuatro años y, al igual que otros muchos, Antonio no volvió a la B de Bilbao. Y tampoco sus cartas llegaban. Ana reanudó, sola, sus paseos a la luz de la luna: ¿Dónde estaba Antonio?

Para responder a esa pregunta –que quizás sea también la de algunos lectores– debemos fijarnos en la letra en la que estamos, y ver cómo se empequeñece la B de Bilbao hasta convertirse en la B de Beanes.

BEANES

Beanes es un valle asturiano, verde como todos los verdísimos valles que inspira el verde Atlántico. No tiene otra particularidad que la de albergar una gran roca que, por su color y forma, algunas guías denominan La Rosa. Pero, con ser bella, no es la composición paisajística lo que trae a Beanes a este alfabeto, sino el hecho de ser el lugar donde, allá por 1940, el primer protagonista de esta historia –la estrella que era una flor que era el Azar– escondió al enamorado Antonio. Y no sólo eso hizo el Azar: también consiguió que Antonio coincidiera con Alberto y con Aldo Amiani. Se valió para ello –nos lo dice la tercera letra que levantamos de la mesa– de las leyes de la guerra y de una C siniestra, la C de Cárcel.

CÁRCEL

En la época citada, 1940, Beanes era una cárcel. Muchos de los hombres que lucharon en el frente del norte permanecieron allí hasta después de la guerra, trabajando en los bosques que flanquean el valle y durmiendo en unos barracones de madera que ellos mismos habían levantado en las primeras semanas de encierro. Era –tal como enseguida nos lo dice la cuarta letra– el precio de una desgraciada y desesperante D, la D de Derrota. Antonio, Alberto y todos sus compañeros republicanos habían sido derrotados por la División italiana que dirigía el general Roata. Era, desde luego, un precio alto, aunque no el más alto de todos. El autor de los poemas que Antonio copiaba de las revistas literarias de Bilbao para luego enviárselos a Ana, aquel Lauaxeta, lo sabía muy bien. Había muerto fusilado después del bombardeo de Guernica. Como escribió otro poeta:

El soldado yace cadáver
en la ladera del Urkiola;
Dime, pastor:
¿No es Lauaxeta?

El soldado yace cadáver
en la ladera del Urkiola;
Su frente soñadora
brilla al sol.

Pero quizás haya llegado la hora de dejar la letra D con todos sus datos, para pasar cuanto antes a la historia propiamente dicha. Recurro, pues, a la E más literaria de todas, a la E de Érase.

ÉRASE

Érase un batallón de unos ochocientos prisioneros que se felicitaba de no haber corrido la suerte de Lauaxeta y de no haber perdido lo más grande, la vida, todo; y que se felicitaba asimismo –porque tampoco habían pasado tantos años desde lo de Caín y Abel– de estar en manos de los italianos y no en las de sus hermanos: los de la Otra España, sus antiguos vecinos, sus antiguos compañeros de escuela o de taberna. Los italianos y sus hermanos pertenecían todos –me lo dice la siguiente letra– a la F de Fascio, pero fusilaban de muy distinta manera. Sus hermanos fusilaban mucho, y los hubieran llevado al paredón –donde La Rosa, en este caso– por un quítame allá esas sacas, o por una apuesta, o por un gesto, o por cumplir con la historia bíblica ya citada. En cambio, los italianos no fusilaban casi nada. Sí, era mejor que la vigilancia estuviera a cargo de alguien que no fuera de la familia. Los soldados italianos eran simpáticos, no tenían nada personal contra ellos. Además, eran más cultos.

Prueba de ello, de la mayor comprensión de los italianos, era –como nos dice la siguiente letra– la G de los Geranios. Tanto Aldo Amiani como el resto de los oficiales italianos les permitían poner geranios en las ventanas de sus barracones, y ellos los plantaban en viejas latas de comida acordándose de las poesías sentimentales de antes de la guerra:

La roja flor de tu ventana,
yo la veía de día y de noche;
Era el alegre símbolo de nuestro amor.

Pero una mañana de domingo,
vi que la cortabas y que con un beso
se la ofrecías a otro hombre.

Detalles como el de los geranios hacían que, al menos en primavera y en verano, Beanes tuviera algo de la H de Hogar. Pero pasaban la primavera y el verano, llegaba el primer frío, y los soldados volvían a sentirse desamparados. Algunos, como Antonio, perdían el sueño.

–¿No puedes dormir? –le preguntó una noche Alberto, que ocupaba la litera contigua a la suya.

–No, no puedo dormir. Y, a este paso, acabaré loco. ¿Te acuerdas de la canción que cantaban cuando lo de los geranios? ¿Aquella que hablaba de la flor roja que era el símbolo de un amor y que la mujer cortaba para dársela a otro hombre? –le preguntó Antonio levantando la voz y volviéndola a bajar.

El resto de los compañeros de barracón dormía.

Alberto asintió con la cabeza. En su aldea de Albiztur, donde él había nacido y donde trabajaba como panadero, jamás se cantaban canciones como aquélla. A él le resultaban ajenas.

–Pues se me metió la idea de que Ana había hecho lo mismo. Que me había dejado por otro hombre.

–Eso no puede ser. Las mujeres no son así –dijo Alberto con voz muy baja. Sabía muy poco de mujeres, y se sentía incómodo hablando de aquel tema.

–Sé que no es así, porque Ana sabe que sigo vivo y nunca sería capaz de abandonarme en estas circunstancias. Pero, ya te digo, a veces me vuelvo loco. Tengo que conseguir que me trasladen a un campo que esté más cerca de Bilbao. No quiero estar otro año entero sin verla. No podría soportarlo.

Antonio no mentía, ni mentía ni exageraba. Estaba tan obsesionado con el recuerdo de Ana que algunos meses antes había escapado del valle con el convencimiento de que podría llegar ileso a Bilbao. El cansancio de tres horas de caminata nocturna le había hecho recapacitar y desistir, y todo había acabado bien, sin percance alguno. La proverbial falta de entusiasmo con que los italianos vivían la guerra le había resultado de mucha ayuda. En Beanes sólo se pasaba lista una vez al día.

–¿Has pensado en algo? –le preguntó Alberto, incorporándose un poco y encendiendo un cigarrillo. Había empezado a fumar en Beanes.

–Sí –suspiró Antonio mirando por el ventanuco que quedaba entre su cama y la de Alberto. Una idea cruzó su mente: en otras circunstancias, aquel valle habría sido un Idílico Jardín, *le plus bel praelet du monde*. Pero había una ley, una constante, una K que lo estropeaba todo. La vida era cruel, siempre.

–He pedido a nuestro teniente que me enseñe su lengua –dijo al fin Antonio con cierta aprensión. Las relaciones entre ellos y los italianos eran cordiales, pero un acto como aquél podía exceder lo aceptable.

–Nadie te dirá nada –dijo Alberto adivinando los pensamientos de su compañero y llevándose el cigarrillo a los labios.

Antonio volvió a suspirar. La luna, que se deslizaba por los cristales de su ventanuco, le traía a la memoria una canción, aquella que Ana había copiado para él:

Luna que reluces,
toda la noche alumbres.
¡Ay, luna que reluces,
blanca y plateada,
toda la noche alumbres
a mi lindo enamorado!
Luna que reluces,
toda la noche alumbres.

–Al teniente Amiani le parece bien. Dice que aquí se aburre mucho –añadió cuando logró que la canción desapareciera de su mente.

–A mí también me parece una buena idea. Si te haces su amigo, lo del traslado es cosa hecha. Amiani es un buen tipo.

Durante un buen rato, los dos hombres permanecieron en silencio. Antonio seguía mirando por la ventana hacia la serena oscuridad del valle.

–¿Cómo se dirá en italiano «manto de la noche»? –preguntó al fin, echándose de nuevo en la cama.

–No tengo ni idea –le respondió Alberto apagando su cigarrillo y metiendo la colilla en un agujero de la pared del barracón.

–Supongo que se dirá *manto de la notte* –aventuró Antonio antes de despedirse de Alberto y ponerse a dormir.

Antonio tardó poco tiempo en corregir aquel error y aprender que «manto» se decía *mantello,* o en saber que los doce meses del año eran *Gennaio, Febbraio, Marzo, Aprile, Maggio, Giugno, Luglio, Agosto, Settembre, Ottobre, Novembre e Dicembre.* Y las clases siguieron su curso, y *Ottobre* también siguió su curso, y la relación entre el teniente Amiani y Antonio se fue haciendo cada vez más estrecha.

–Tengo que pedirle algo, teniente Amiani –le dijo Antonio después de una clase–. He oído que el general Roata va a visitar nuestro campamento.

–El rumor es cierto. No es la mejor noticia del mundo, desde luego. Tendréis que limpiar los barracones a fondo –sonrió el teniente. Tenía el título de licenciado en Historia, y llevaba bastante tiempo deseando ejercer su verdadera profesión. La vida militar le aburría.

–El caso es que necesito un traslado –le dijo Antonio sin más preámbulos.

Media hora después todo estaba dicho y explicado, y Antonio contaba con la promesa de su amigo. Hablaría con el general y le conseguiría el traslado a Bilbao. Lo sentiría mucho, sentiría su marcha como la de un hermano, pero lo comprendía. También él soñaba con las playas de su ciudad natal.

El general Roata llegó al campamento hacia el atardecer del 20 de noviembre, un día frío y desapacible, con chubascos que a veces eran de aguanieve.

–*Brutto tempo, tenente* –le comentó a Amiani uno de los sargentos de su compañía.

–*¡Ripugnante!* –respondió Amiani. Luego se acercó hacia donde estaba Antonio.

–No sé si podré hacer algo –le susurró al oído–. Es un mal día para pedir un favor.

Para entonces, todos los prisioneros del campamento estaban formados frente a sus barracones. También ellos, los cuarenta que estaban a cargo del teniente Amiani.

–Inténtelo, por favor –le respondió Antonio sin apenas mover los labios, intimidado por el repentino silencio que se había abatido sobre el campamento justo a la llegada del Hispano-Suiza del general Roata. A lo largo y ancho del valle, verde como todos los verdísimos valles del verde Atlántico, sólo se oían los sonidos ajenos a la ceremonia: el golpeteo de la lluvia sobre la madera de los barracones y el resoplar de los caballos que solían utilizar para los acarreos.

Amiani asintió con la cabeza y pasó a ocupar su puesto. Pero tenía pocas esperanzas de lograr algo. Con aquel tiempo tan pésimo, lo más probable era que el general Roata declinara la invitación a cenar. Era un gourmet, un sibarita: un maniático que, según se decía, no soportaba los vasos de cristal grueso. Un comedor frío y enlodado debía de quedar muy lejos de sus apetencias.

En cuanto comenzó la revista, Amiani comprendió que su aprensión iba a cumplirse con creces: no era únicamente que Roata no pensara quedarse a cenar; era que no pensaba quedarse en absoluto. Recibía las novedades sin hacer que su conductor detuviera el coche: unos cuantos segundos y ya estaba frente a otra compañía de prisioneros. Amiani tragó saliva y, tras probar su voz con un carraspeo, gritó:

–¡A sus órdenes, mi general! Teniente Aldo Amiani al cargo de cuarenta prisioneros...

El Hispano-Suiza ya lo había sobrepasado cuando una idea repentina pasó por su mente. El general Roata era de los que, en sus mítines o en sus discursos, siempre hablaba de la amistad italo-española, de los lazos que unían a los dos pueblos, de las lenguas que eran hermanas e hijas de la grandeza de Roma. Una actitud como la de Antonio tenía sin duda que resultarle agradable, halagadora para todo lo que él representaba. Sí, haría que el general se detuviera, no podía decepcionar a su amigo.

–¡Y con la única novedad de que uno de ellos habla italiano! –chilló con todas sus fuerzas.

El coche frenó de golpe y dio marcha atrás. Tras unos instantes –el silencio del valle era ahora absoluto– la calva cabeza del general Roata asomó en la ventanilla.

–¿Uno que habla italiano? –ladró.

–¡Sí, mi general!

–Entonces es un espía. ¡Fusílelo inmediatamente! ¡Ahora mismo, teniente! –volvió a ladrar. Era un sapo, pero ladraba.

Antes de que Amiani pudiera reaccionar, el Hispano-Suiza se había quitado de su vista llevándose con él el ruido de su motor, un ronroneo que se fue alejando cada vez más, y más, y más... Después de unos minutos no quedó en el valle otro sonido que el de la lluvia que caía sobre los barracones y los charcos formados en la hierba. No se oía en cambio a los caballos. Los caballos callaban y miraban hacia la compañía que mandaba el teniente Amiani. Y lo mismo hacían todos los otros oficiales y soldados del campamento. Incluso había prisioneros que desobedecían la orden de mirar al frente y buscaban con la vista al compañero que hablaba italiano. Por su parte, Antonio miraba hacia la oscuridad del cielo y creía ver allí una luna que no estaba. «Oh, Bilbao, Bilbao, qué bonita es la luna de Bilbao», recordó. Había tendido un hilo hacia Ana, pero el hilo se había roto. Su situación le recordaba el final de uno de los romances que ella le había enviado:

La fina seda se rompe.
Y la muerte que allí venía:
Vamos, enamorado,
La hora ya está cumplida.

–No podemos esperar, teniente –dijo el sargento con cierto nerviosismo acercándose a Amiani. Debían darse prisa. El general Roata había sido terminante.

–Lo mejor será ejecutarlo en el bosque. En La Rosa quedaría demasiado, demasiado...

El sargento no supo cómo acabar la frase, y se alejó hacia el barracón donde se reunía el estado mayor del campamento. Amiani giró entonces sobre sus tacones y se dirigió con paso rápido hacia el lado de la compañía donde estaba Antonio...

–¡Previsible! –dirá algún lector aprovechando la P que, después de aquel *Ottobre* no tan lejano, correspondía colocar en este alfabeto. Esto que nos ha contado el autor –proseguirá– tiene el peor defecto que, según Cortázar y otros muchos, puede tener un relato breve. Carece de elemento sorpresa. Cosa que además, y valga la redundancia, resulta bastante sorprendente en un cuento que ya en el mismo título se califica de sorprendente. ¡Qué arrogancia!

–Quizá –respondo yo a ese lector, aprovechando la Q que me tocaba. Y, valiéndome ahora de la R, añado–: Repase, repase usted lo que lleva leído, reflexione un poco. Si me permite que se lo diga con una S, yo no estaría tan Seguro acerca del final de este cuento. ¿Quiere hacer el repaso? ¿Lo ha hecho ya? ¿Se acuerda de lo que decíamos al principio, cuando casi todas las letras estaban sobre la mesa? Aquello de que el protagonista de esta historia era una estrella que era una flor...

Pero a qué detenernos en disquisiciones cuando todavía nos quedan seis letras por levantar. ¡Que continúe el juego! ¡Que siga el viaje! Veamos ya mismo qué nos dicen la T y la U.

Pues resulta –ya lo estoy viendo– que la T de este alfabeto es una T muy familiar, la T de Tío, y que la U es la U de Últimas.

TÍO

Una confesión: En casa nunca decimos Alberto, así a secas. Siempre que hablamos de él le llamamos tío Alberto.

ÚLTIMAS

Este alfabeto no es excepcional. Sus últimas cuatro letras –que son las que nos darán la solución– son la V, la X, la Y y la Z.

V: La historia que ahora está a punto de acabar es una historia verdadera. Es una de las historias familiares del autor, la historia de tío Alberto.

X: La incógnita. ¿Cumplió el teniente Amiani la orden del general Roata?

La respuesta quizás siga siendo difícil, y es posible que para llegar a ella el lector necesite de un par de datos más. Despejemos, pues, las dos variables dependientes –dependientes del autor– que pueden facilitar la solución: la Y y la Z.

Y: El teniente no quería matar a su amigo. No quería volver a Ancona con aquel peso sobre su conciencia. Le habría resultado imposible confesar a su mujer que había tenido un amigo, y que ese amigo había muerto por su torpeza y ante un pelotón de fusilamiento dirigido por él.

Z: Pensó que, salvo Antonio, ningún prisionero había podido entender bien su diálogo con el general. ¿Por qué no dejarlo todo en manos del azar? Podía elegir a un soldado cualquiera, al que estaba al lado de Antonio, por ejemplo, y hacer que fuera él quien sufriera el absurdo castigo. Y eso fue justamente lo que el teniente Amiani hizo aquel día, 20 de noviembre de 1940.

UN CUENTO PARA VIOLANTE

«Aquel viaje a Vetusta sólo comenzó a tener sentido ante la visión de las piedras que se amontonaban a espaldas de la catedral.» Ésas eran las 23 palabras que, según Violante, nuestro nuevo director literario, debían figurar a la entrada de la historia que él mismo nos ordenaba escribir para mayor gloria de la literatura y en recuerdo de Raymond Queneau, el hombre de los cien estilos, el patrón de todos los estilistas del mundo. Cuando recibí la noticia, o mejor dicho el encargo, o mejor dicho la orden, no me preocupé mucho. Dios proveerá, me dije, ya se me ocurrirá algo uno de estos días.

Pero no se me ocurrió nada, Dios no proveyó. Mi esperanza de que el todopoderoso dueño de tantas y tantas historias me sugiriera la continuación de las 23 palabras del comienzo resultó completamente vana. Tan vana, por desgracia, como la esperanza de que fuera el Diablo, dueño también de muchas historias, quien me echara una mano. No hubo ayuda para mí, no hubo provisión. «Inténtalo con las Musas», me dijo un amigo. Lo intenté, desde luego, pero también fue inútil. «No me siento nada poética», dijo Polimnia. «No me acuerdo de nada», dijo Clío. Mientras tanto, el plazo que me había concedido Violante iba agotándose: faltaban quince días, faltaban catorce, trece, doce, once, nueve, siete, cuatro... ¡Sólo faltaban cuatro días!

«Sólo faltan cuatro días», repetí abrumado. El tiempo, que tanto tiene de espejismo, había vuelto a engañarme. Sí, era verdad, sólo faltaban cuatro días. Uno, dos, tres y cuatro. ¿Qué podía hacer?

«Tendré que convocar a las letras del alfabeto», me respondí. Al fin y al cabo, ellas me resultaban más próximas que Dios, el Diablo o las Musas, y nunca habían dejado de ayudarme. Eran para mí lo que la tierra para el campesino, lo que el agua para el pescador, lo que el fuego para los herreros. Cierto que su poder distaba del de las diversas divinidades que había consultado primero, pero por otra parte mi objetivo era bastante humilde. No se trataba de concebir una enciclopedia ejemplar o una novela de mil páginas, sino de escribir una historia breve que empezara con las palabras dictadas por Violante: «Aquel viaje a Vetusta sólo comenzó a tener sentido ante la visión de las piedras que se amontonaban a espaldas de la catedral».

Las gestiones me llevaron un día entero, porque había letras, como la E, que estaban escondidas, pero logré al cabo que las 28 letras del alfabeto acudieran a mi estudio. ¿Podrían ellas ayudarme? Yo las miraba, miraba luego al calendario, y rogaba –como ruegan los ateos, con una fe de circunstancias– para que todo saliera bien.

–Queridas letras del alfabeto –dije–, os he reunido aquí...

–Soy adivina –me interrumpió entonces la A–. Tus explicaciones no me hacen falta. Sé muy bien lo que te ocurre.

Mientras hablaba, acercó hacia ella las dos letras más cercanas, la B y la C. La adivina ya tenía su bola de cristal.

–Las dos frases más importantes de un cuento son la primera y la última –dijo la A con cierta arrogancia–. Esa característica, prueba palpable del origen no literario, es decir oral, de esta forma de narración, permite hablar del cuento como de un discurso con dos puertas. La primera puerta, puerta de entrada, permitiría el paso del silencio a la palabra, de la realidad a la ficción, del aburrimiento a la alegría; la segunda, puerta de salida, tendría, por decirlo así, forma de tobogán, pues su función consistiría en suavizar la vuelta al silencio, a la realidad y al aburrimiento.

–Es usted una adivina muy académica –dije yo un tanto confundido.

–En los tiempos antiguos –continuó la A sin hacer caso de mi comentario y acariciando la bola de cristal–, ambas puertas, la de entrada y la de salida, solían ser prácticamente fijas. El narrador no inventaba, sino que recurría a la tradición. «Érase un vez», decía, y todos los oyentes se arremolinaban junto a él. Y si no se arremolinaban, el narrador insistía: «Érase una vez hace mucho tiempo, cuando los pájaros todavía tenían dientes...». Luego, cuando se cansaba de contar, decía aquello de «colorín, colorado, este cuento se ha acabado», y daba la vez a otra persona, a un oyente que, por arte de birlibirloque, se transformaba en narrador. Y la sesión continuaba hasta que, vencidos por el cansancio, todos se ponían a dormir y a soñar.

–Muy interesante –dijo la I.

–No –dijo la N con su acostumbrada negatividad.

–Lo antiguo no me interesa. Me interesa lo moderno –dijo la M.

–Tenemos prisa –dijo la P.

–Yo no tengo prisa. A mí me encantan los rodeos –dijo la R.

–Sólo me quedan cuatro días para escribir el cuento que me ha encargado Violante –dije yo con cierta angustia. Me encontraba en el mismo caso de la P. Tenía prisa.

–Tampoco la actualidad tiene secretos para mí –afirmó la adivina A separando sus manos de la bola de cristal y haciendo aspavientos–. Sé muy bien lo que le ocurre a nuestro autor. Como acaba de decir él mismo, debe inventar un cuento cuya puerta de entrada, una puerta que, como acabo de explicar, es importantísima, le viene dada por el ordenante, ese tal Violante. Es decir, que no le viene dada por la tradición, que tanto facilita las cosas, ni tampoco por su propia inteligencia...

–¿Qué inteligencia? –intervino la I.

–No seas impertinente –dije.

–Imposible –insistió la I.

–Sigamos –dijo la S.

–Pues, como decía –continuó la A–, nuestro autor se encuentra en la necesidad de entrar en el cuento por una puerta no elegida por él. Esa obligación le ata de tal manera que no es capaz de añadir una línea a esas que firma Violante y que dicen: «Aquel viaje a Vetusta sólo comenzó a tener sentido ante la visión de las piedras que se amontonaban a espaldas de la catedral».

–Está bloqueado –dijo un anciano cuyo rostro acababa de aparecer en la bola de cristal de la adivina A.

–¿Quién es usted? –preguntó la P.

–Bachelard. Soy Gaston Bachelard.

–¿Qué es lo que nos tiene que decir, Gaston? –dijo la G.

–Me gustaría transmitirles una experiencia personal –dijo

Bachelard desde la bola–. Recuerdo que, mientras estaba en el mundo, recibía un pequeño choque, un pequeño dolor, cada vez que alguien empleaba una palabra en sentido peyorativo. En mi opinión, las palabras, todas las palabras, desempeñan honradamente su oficio en el lenguaje de la vida cotidiana. ¿Por qué tratarlas entonces con desdén?

El rostro del anciano desapareció de la bola.

–Tiene toda la razón –exclamé sin dudarlo–. Tampoco a mí me gustan las palabras que se usan en sentido peyorativo. Lo diré de una forma más concreta: no me gusta la palabra *Vetusta...* De ahí que no pueda inventar el cuento. Es verdad lo que dice Bachelard. El disgusto que me produce verla entre las 23 que forman la primera frase me bloquea.

–Soy la destructiva D –dijo de pronto un letra de aspecto desaprensivo–. Si lo desean, yo me encargo de la palabra. Puedo derribarla, destrozarla, disolverla, degradarla, desterrarla, desvalorizarla, despellejarla... lo que ustedes quieran.

–Haga lo que quiera, pero hágala desaparecer –dije.

–¿Puedo decir una cosa sobre la violencia verbal? –preguntó la V.

–No –dijo la N.

El silencio que siguió a la negativa se quebró de golpe. Acababa de sonar un disparo.

–La palabra ha quedado destruida –declaró la D–. Si el autor, o cualquiera de los presentes, intenta ahora recordar las 23 palabras de que constaba la primera frase del cuento, comprobará que no puede. La palabra que molestaba ha pasado a mejor vida.

–Al olvido, querrá usted decir –opinó la O.

Decidido a comprobar si aquello era cierto, cogí papel y pluma y copié lo que, según mi entender, me había dictado Violante: «Aquel viaje a sólo comenzó a tener sentido ante la visión de las piedras que se amontonaban a espaldas de la catedral».

Efectivamente, algo había ocurrido. Por una parte, las palabras de rigor ya no eran 23, sino 22, y por otra, sentía un alivio y unas ganas de escribir que me resultaban totalmente nuevos. Volví a inclinarme sobre el papel y, aplaudido por la A, jaleado por la J, vitoreado por la V, me dispuse a desarrollar la historia. Ya no estaba bloqueado.

«Aquel viaje a Nueva York», escribí, «sólo comenzó a tener sentido con la visión de las piedras que se amontonaban a espaldas de la catedral de St. Paul, centro religioso de los católicos de la ciudad. En su mudez, las piedras me recordaron el día en que John Fitzgerald Kennedy y su joven prometida Jacqueline Lee Bouvier, más conocida como Jackie, salieron de la limusina blanca que los había transportado desde la sede del Partido Demócrata para entrar por las puertas del templo y...».

–¡Un fax! –exclamó de pronto la F interrumpiendo mi trabajo.

–¿Cómo? –dije.

–Que ha llegado un fax –me informó la I.

–¿Y no podemos leerlo luego, cuando termine el cuento? –dije.

–No –dijo la N.

–Es urgente –añadió la U.

Dejé la pluma sobre la mesa y asentí con la cabeza.

–Si no hay otro remedio, adelante con el fax –dije.

La F no se hizo rogar. Desenrolló el papel y me leyó el mensaje que figuraba allí. Era el siguiente:

«Por si te has olvidado, aquí te envío la frase inicial del

cuento: "Aquel viaje a Vetusta sólo comenzó a tener sentido ante la visión de las piedras que se amontonaban a espaldas de la catedral". Firmado: Violante.»

El silencio adquirió de pronto una naturaleza sólida, y cayó sobre nosotros como caen los techos de las casas, aplastándonos contra el suelo y ensuciando el aire que hasta aquel momento habíamos respirado. De entre los cascotes de aquel silencio, como una flor siniestra, surgió una palabra de tres sílabas: Vetusta. Sí, allí estaba de nuevo. Sentí un ahogo. Volvía a estar bloqueado.

La situación se prolongó durante unos minutos. Nadie sabía qué hacer. Las letras se habían vuelto mudas, y el silencio nos resultaba cada vez más irrespirable.

–Érase una vez, érase que se era –dijo alguien inesperadamente. Era la letra E. Se rebelaba contra la situación y se disponía a contar su propia historia–. Érase que se era –continuó– un hombre muy pobre que había nacido en una aldea del oriente de Asturias y que pertenecía a la secreta sociedad de los que a la carne le llaman *araguia*, al fuego *sura* y al corazón *palpiteiro*, es decir, a la sociedad de los que, para entenderse entre ellos, hablaban la secreta lengua llamada *xeriga* o *xiriga*, y trabajaban de canteros. Y este hombre, de nombre Pablo, tenía, desde muy niño, una novia de su misma aldea, Xuana, a la que una noche prometió lo único que podía prometer: que tendría una casa con las piedras mejor trazadas y cortadas de todo el oriente de Asturias, con piedras que además serían rosas o casi rosas. «¿Cuántas piedras pondrás en el arco de la puerta principal?», le preguntó ella con cierta fantasía. «Pondré cinco, porque cinco son las letras de tu nombre. La primera llevará una X, y la segunda una U, la tercera y central una A, la cuarta una N y la quinta y última otra vez una A, y así de esa manera todos los que lleguen a nuestra casa leerán tu nombre y sabrán que allí la única dueña es Xuana.»

–Bonita historia –dijeron a coro la U, la X y la A.

–No –dijo la N con su acostumbrada negatividad.

–¿Cómo que no? –exclamó el resto de las letras. Tenían la mirada puesta en la bola de cristal, donde, al compás de lo que iba contando la E, iban apareciendo Pablo, Xuana, las piedras y otras imágenes de la historia.

–Las promesas –continuó la E– a veces se cumplen y a veces no, pero la mayoría de las veces se cumplen únicamente a medias. Así ocurrió también en aquel caso. Pablo levantó su casa, sí, pero no con las piedras mejor trazadas y cortadas del oriente de Asturias, sino con las que pudo arrancar a la montaña o al río. Sin embargo, Xuana no se sintió defraudada, porque allí estaban, en el arco de la puerta, las cinco piedras que formaban su nombre, piedras de cantera, piedras nobles, piedras rosas o casi rosas.

–¡Preciosas! –exclamó la P señalando las imágenes de la bola de cristal.

–¡Maravillosas! –añadió la M.

–Sigamos con la historia –dije yo. Ya me había olvidado de Violante.

–Como bien se sabe –explicó entonces la E–, no sólo de pan vive el hombre. Vive también de otras cosas. De orgullo, por ejemplo. Por eso puede afirmarse que Pablo y Xuana vivieron felices en su aldea del oriente de Asturias, orgullosos de su arco y de sus piedras rosas o casi rosas.

–¿Y qué pasó luego? –preguntó la S, siempre tan amiga del suspense.

–Mejor que lo cuente la H –dijo la E.

–Tuvieron un hijo, que siguió en la casa, y este hijo tuvo otro hijo, que también siguió en la casa, y éste tuvo otro hijo, el hijo del hijo del hijo de Pablo y Xuana, que se hizo historiador y se metió en política. Un día, a últimos de 1937, tuvo que huir de España, y se fue a México.

–A Jalisco –dijo la J.

–Concretamente a Guadalajara –añadió la G.

–Guadalajara en un llano, México en una laguna –cantó la C.

–Por favor, sigamos con la historia –dije.

–Pues este hombre –continuó la H–, el hijo del hijo del hijo de Pablo y Xuana, llegó a México y puso una fábrica de chocolate. Y la fábrica fue muy bien, se hizo más y más grande cada año, y el aire de todo Guadalajara, de todo Guadalajara y de todo Jalisco, olía cada noche a chocolate. «Ya está haciendo don Hilario su chocolate», decía la gente. Porque aquél era el nombre del hijo del hijo del hijo de Pablo y Xuana, Hilario.

–Infórmanos un poco sobre ese don Hilario –pidió la I.

–Parece un hombre próspero y feliz –dije yo observando a la figura que acababa de aparecer en la bola de cristal. Vestido elegantemente con un traje tostado y un sombrero panamá de color blanco, aquel don Hilario fumaba un cigarro puro y reía abiertamente, como si alguien le hubiera contado un chiste. Más que gordo, era orondo, redondo, hermoso.

–Sin embargo, tenía un fondo triste –dijo la T–. Por decirlo con una metáfora, el sol de México no había conseguido secar la mancha que el exilio había dejado en su alma. De vez en cuando, se tumbaba en la cama y soñaba con la casa que había construido el padre del padre de su padre para su novia. En el sueño, no veía la casa entera, sino sólo su frente, su puerta con el arco, con las cinco piedras rosas o casi rosas que formaban el nombre de su bisabuela, Xuana.

»Una noche, se levantó de la cama y salió al balcón. El aire olía a chocolate. «Ya está haciendo don Hilario su chocolatito», pensó con una sonrisa entre amarga y afligida.

–Se sentía solo –dijo la S.

–Apesadumbrado –dijo la A.

–Deprimido –declaró la destructiva D.

–Viejo –dijo la V.

En la bola de cristal, don Hilario encendió uno de sus cigarros. Miraba hacia el cielo, hacia las estrellas que brillaban sobre el llano de Guadalajara, pero miraba sin ver, porque sus pensamientos volaban hacia el otro lado del océano.

–¡Por qué me habré dedicado al chocolate! –suspiró don Hilario. De todos los olores, aquél era el que con más rapidez le llevaba a la infancia. Un trozo de pan y una onza de chocolate, ésa había sido su merienda allí lejos, en Asturias, en la casa con el arco y las piedras rosas o casi rosas.

–¿Qué sucedió luego? –preguntó la S.

–No todo es suspense en la literatura –la reprendió la L cogiendo un libro–. Como dice Forster en este ensayo, la historia es la parte más elemental del texto, la más primitiva, la menos noble.

–Según se mire –dijo la S–. Yo estoy con Scherezade.

–Yo no –dijo la N con su acostumbrada negatividad.

–Puedo resumir la parte final de la historia de don Hilario –dijo la R.

–No –volvió a decir la N–. Cada vez que hablas de resumir, te pones a dar rodeos.

–Yo continuaré –dijo la C, poniéndose a contar–: Pues resultó que don Hilario tuvo una caída y pasó unos días en la clínica, y aquella circunstancia y la mejora de las condiciones políticas españolas aceleraron su decisión de volver a su país natal, a la casa que había construido el padre del padre de su padre unos ciento cincuenta años antes. Pero la casa ya no existía, o mejor dicho, existía a medias. Conservaba una buena parte del tejado y de las paredes, pero ya no tenía puerta, ni arco, ni piedras de color rosa o casi rosa. Para decirlo en una palabra, el nombre de Xuana había desaparecido del lugar donde lo había colocado aquel Pablo que al corazón llamaba *palpiteiro* y que había sido cantero.

–Y comenzó la peregrinación –dijo la P.

–La peregrinación, no. La investigación –dijo la I.

–Ambas cosas –dijo la C–, porque don Hilario se vio obligado a salir en busca de las piedras que faltaban en su casa natal, y anduvo de un lado para otro y preguntando por todas partes, a los campesinos, a los contratistas de obras, a los cerrajeros, a los canteros, a los camineros, a los concejales, a todo el mundo. Pero nadie parecía saber nada. Se acordaban, sí, de que eran piedras raras, piedras rosas o casi rosas y con alguna que otra letra, y se acordaban también de un cura que después de la guerra había vivido allí, pero eso era todo. ¿Que cómo se llamaba el cura? No lo recordaban. ¿Que dónde vivía? Pues tampoco lo sabían, aunque probablemente en ningún sitio. Ya habría fallecido, estaría ya en el cielo.

–O en el infierno –dijo la I.

–Desde el punto de vista de don Hilario, indudablemente en el infierno –continuó la C–. Porque aquel cura, él lo sabía bien, había sido su anónimo denunciante, el responsable de que tuviera que marcharse al exilio.

–¿Fue a preguntar al obispado? –quiso saber la O.

–Ya lo creo que fue –le respondió la C–, pero tampoco allí le dieron razón alguna. Comprendían su tristeza, pero las piedras que él buscaba podían estar colocadas en cualquier sitio, lo mismo en la pared de una iglesia que en el sótano de una casa rectoral o en el altar de una ermita. «Si yo estuviera en su caso», le dijo un canónigo, «volvería a México y me dedicaría a hacer el bien. Al fin y al cabo, las piedras no son otra cosa que piedras. No debería empeñarse en salvarlas. Son los hombres los que necesitan salvación, no las piedras». Pero, para entonces, don Hilario estaba, ¿cómo lo diría yo?...

–Obsesionado –dijo la O.

–Eso es, obsesionado –corroboró la C.

–Por eso alquiló un piso en Oviedo –siguió la O con la seguridad de quien conoce el final de la historia–, para seguir buscando las piedras que habían estado sobre la puerta de su casa natal. Y, efectivamente, eso fue lo que hizo. Buscar, preguntar, investigar, peregrinar. Por las noches, se asomaba a la ventana de su piso alquilado y comía un poco de pan y una onza de chocolate. Era su pequeña ceremonia diaria, la que le daba fuerzas para continuar. Pero pasó un mes, pasaron dos, pasaron tres, y de pronto un día, o mejor dicho una noche, cogió todas las tabletas de chocolate que tenía en casa y las tiró por la ventana. Era el final. Se sentía cansado. No podía más. «Ya está haciendo don Hilario su chocolatito», se dijo en voz baja. La frase resultaba absurda, pero materializaba su deseo de volver al país donde había sido próspero, feliz y orondo.

–Fin –dijo la F.

–Casi –corrigió la C–. La historia terminó en realidad a la mañana siguiente, después de que, al ir a la agencia a comprar sus billetes de vuelta, viera junto a la catedral unas piedras rosas o casi rosas. Se acercó a ellas y comprobó, primero con consternación, luego con alegría, que todas ellas formaban una palabra: Aunax. Mentalmente, colocó cada pieza en su lugar, y el nombre que el padre del padre de su padre había formado en el arco de la puerta asomó a sus labios: Xuana. Don Hilario, que no era un sentimental, pero que estaba agotado de tanto peregrinar y buscar, se sentó sobre la piedra marcada con la X y se echó a llorar.

–Un final feliz –dijo la F.

–Sobre todo para mí –dije yo de pronto cogiendo mi cuaderno–. Creo que ya puedo llevar a cabo lo que me pidió Violante.

Dicho y hecho, el cuento estuvo listo en unos minutos.

–Léenoslo, por favor –dijo la L.

–Cómo no –dije. Luego puse manos a la obra:

«Aquel viaje a Vetusta sólo comenzó a tener sentido ante la visión de las piedras que se amontonaban a espaldas de la catedral. Sí, los desvelos habían merecido la pena. Allí estaban las piedras que yo había estado buscando, las piedras familiares, las piedras que me recordaban de dónde venía y que me ayudaban a comprender adónde iba. Las piedras que, ciento cincuenta años antes, mi bisabuelo había trabajado a cincel.»

En el estudio se hizo un silencio. No un silencio estilo sólido de techo que cae, sino un silencio frío, neblinoso, invernal.

–¡Qué horror! –dijo la H.

–¡Qué barbaridad! –dijo la B.

–Un cuento verdaderamente destructivo –dijo la D.

Extrañado por aquel aluvión de críticas, me enfrenté a las letras y les dije:

–Creo que no habéis comprendido bien. Voy a leeros el cuento otra vez.

–No –dijo la N con su acostumbrada negatividad.

–Huyamos –dijo la H.

Se oyó un ruido de letras que chocan, caen, se amontonan, se levantan y corren. Instantes después, estaba completamente solo en mi estudio. No me importó. Ya tenía lo que quería, el cuento que me había mandado hacer Violante.

SOBRE EL TIEMPO. MESA REDONDA CON HOOLIGAN

Decidí convocar a todas las letras del alfabeto y montar una mesa redonda sobre algún tema apropiado para las mesas redondas, es decir, sobre algo que al mismo tiempo fuera general –generalísimo– y escurridizo –escurridicísimo–. Pensé primero en la situación del mundo; luego en el problema de la violencia en el fútbol; luego, más tarde, en las relaciones entre el asesinato de menores y las películas de la televisión; más tarde aún, en la influencia de la depresión en el desmembramiento de la familia, o al revés; pero, desechadas una tras otra estas posibilidades –no suficientemente generales ni escurridizas–, llegué a la conclusión de que lo que buscaba, el tema de los temas, era el tiempo.

Tempus fugit, me dije poniéndome en situación y llamando a los veintiocho posibles miembros de la mesa redonda, desde la A hasta la Z.

–Venid a mi casa. Es una cuestión de vida o muerte –les pedí.

–¿De vida o muerte? –preguntaron.

–Así es. De vida o muerte –repetí. Me sentía totalmente comprometido con el tema.

Las letras se presentaron con la rapidez del rayo.

–Bien, ya veo que estáis todas y que ni siquiera la V, que estaba de vacaciones, ha querido quedarse fuera –les dije a modo de bienvenida.

–Tratándose del tiempo, yo no podía fallar –dijo la T.

–Ni tú ni nadie. El tema es tremendo –le respondí con la euforia habitual en cualquier comienzo de mesa redonda. Luego adopté un aire más grave y me dispuse a poner la primera frase de lo que, con un poco de suerte, sería un bello y sólido edificio intelectual.

–De todas las cosas que parecen reales –dije–, ninguna tan inefable como el tiempo. Muchos son los que podrían hablar con propiedad de la tierra que pisamos o del fuego que nos quema. Muchos también los que nos podrían instruir sobre la madera de los árboles, el agua que se mueve en el mar o el aire que respiramos. Pero deben de ser muy pocos los que, interrogados acerca de la sustancia que llena las horas y los días, podrían ir más allá de la famosa respuesta del santo: cuando no me lo preguntan, lo sé; cuando me lo preguntan, no lo sé. Con todo y con eso, yo me atrevo a pediros una respuesta. Amigas mías, viejas letras de nuestra cultura: ¿Qué es el tiempo?

–El tiempo es el tiempo. Eso es todo –dijo la T de una forma un tanto tronante.

–Sólo una letra tan tautológica como la T puede afirmar una cosa así –dijo la K–. Sin embargo, según el punto de vista de Kant, el más grande de los filósofos...

–¡Bobadas! –exclamó entonces la B interrumpiendo a la K–. Me parece una babosería hablar a estas alturas de Kant. Pero ¿qué fue Kant? Pues, comparado con Bergson...

–Un momento, un momento –dije yo volviendo a interrumpir el diálogo. Estaba claro que la B podía aportar la pizca de agresividad que toda mesa redonda necesita, pero era demasiado pronto para discusiones; sobre todo para discusiones tan subidas de tono como la que auguraban las palabras de la B y de la K.

–¡Bochornoso! ¡Realmente bochornoso hablar de Kant a estas alturas! –insistió la B.

«Contra la insistencia, resistencia», pensé.

–Quiero recordar a las letras presentes en esta mesa que pueden intervenir cuando quieran –dije–. La discusión no debe ser una cosa de dos. Por ejemplo, y ya que tenemos entre nosotros a la P, a mí me gustaría preguntarle una cosa: ¿Cuál ha sido tu experiencia con el tiempo? O dicho de otra manera, un poeta, es decir, un poeta que es poeta y vive poéticamente, ¿cómo vive la poesía, digo, perdón, el tiempo?

–Con pasión –dijo la P hablando con parsimonia–. Pero prefiero presentaros mi punto de vista a través de un pasaje de mi vida, porque estoy persuadida de que así respondo mejor a la pregunta. Pues resulta que hace poco, en casa de unos amigos, reparé en un perro viejo y maloliente que dormitaba junto a la puerta de entrada, y supe, después de las pertinentes preguntas, que aquel animal no era otro que Moro, el pastor alsaciano de la familia, el mismo que yo había visto en mi anterior visita. «¡Pero si era un cachorro!», exclamé. Tenía la impresión de que el envejecimiento del perro había sido súbito. Entonces, con suma amabilidad, mis amigos me recordaron que habían pasado años desde mi última visita, y que el tiempo dejaba más marcas en los perros que en nuestra cara. «De ahí tu susto», me dijeron, «porque tú creías que el tiempo transcurrido entre las dos visitas había sido una nadería, un instante, cuando en realidad ese instante equivale a la vida entera de un perro». Nada más terminar mi amigo la frase, yo añadí mentalmente: «Y nuestra vida, en el mejor de los casos, equivale a seis o siete de esos instantes, a seis o siete perros como Moro». De vuelta a mi ciudad, creí comprender. El tiempo es una enfermedad cuya silenciosa incubación generalmente nos pasa desapercibida.

–Muchísimas gracias. Realmente poético –apunté.

–¿Puedo hablar? –preguntó entonces la H.

–Adelante –le dije.

–Pues yo quiero decir tres cosas. Lo primero, que soy un hincha, o para decirlo de una forma más actual, un hooligan. Lo segundo, que yo no entiendo mucho del tema que se está tratando hoy, pero que en mi opinión sólo hay dos clases de tiempo, Primer Tiempo y Segundo Tiempo...

–Y Descanso, ¿no? –dijo la D con displicencia.

–Al hilo de lo que ha dicho la P, yo quisiera contar una experiencia vivida en el tiempo de mi juventud –intervino entonces la nonagenaria N–. Pues resulta que estaba preparando unas oposiciones a notaría...

–Dejadme hablar, ¡hostia! –chilló la H. La N se calló inmediatamente, y miró sorprendida a la E.

–¡Educación! ¡Un poco de educación, por favor! –dijo entonces la E. Pero su voz sonó enclenque.

–Y la tercera cosa que tengo que decir –continuó la H sin hacer caso de la reconvención y meneando la cabeza como un hipopótamo– es que ahora mismo se está jugando un partido muy importante. Están jugando el París St. Germain y el Milán, partido de campeonato de Europa. Y yo quiero saber cómo va ese partido, porque el Milán me gusta mucho. Así que pido permiso para abandonar esta mesa redonda y bajar al bar. Porque en el bar no es como aquí. Allí hay televisión.

–La acompaño –dijo la P.

–¡Usted! ¡Qué sorpresa! –dijo la S.

–No sea simple –la amonestó la P levantándose de la mesa.

–Soy seria, no simple –respondió la S. Pero la P ya estaba en la puerta y no la oyó.

–Creo que yo también me voy a ir. Al fin y al cabo, estoy de vacaciones –dijo la V tomando el mismo camino de la H y la P.

–Yo me quedaría aquí con mucho gusto, porque la mesa redonda me parece genial –dijo la G–. Sin embargo, debo bajar a ver el partido. Sin mí puede haber buenas jugadas y aplausos, pero no puede haber goles.

–¡Viva el fútbol! –gritó la F con fanfarronería.

Temí por un momento que la mesa redonda fuera a quedarse sin mesarredonderas y que el edificio intelectual que estábamos levantando se desarbolara y cayera a plomo. Pero allí estaba la O –que es de la organización– para ayudarme. Le hice un gesto y ella intervino gritando como un ogro:

–¡Orden!

–¡Silencio! –dijo la S con más seriedad que nunca.

Aproveché la calma que siguió a las intervenciones de la O y de la S para ceder la palabra a la nonagenaria N, que llevaba un rato con la mano levantada.

–Como he dicho antes, yo quisiera contar una experiencia vivida en el tiempo de mi juventud –comenzó la N–. Tenía que preparar unas oposiciones a notaría, que también entonces eran de temario muy amplio y bastante difíciles. Mi problema era, en aquel tiempo...

A la N se le nublaron los ojos y la nuez de su garganta subió y bajó varias veces. Pero se repuso y siguió con la narración.

–Mi problema era, en aquel tiempo, que en casa éramos nueve hermanos y que no había manera de estudiar. Naturalmente, hoy no tendría ese problema, ahora no me queda nadie...

Pareció que el ominoso barro que el recuerdo había removido en el fondo de su alma anulaba a la N, y que no podría explicarse. Pero sacudió la cabeza, ahuyentó a los malos espíritus y continuó con voz ya definitivamente firme:

–Así pues, debido a aquel problema que tenía en casa, decidí marcharme a un monasterio. Era un monasterio, digo este detalle porque tiene su importancia, que no estaba lejos de mi casa, sino a unos tres kilómetros, en una colina que domina nuestra ciudad. Al poco de llegar, a los dos o tres días, ya sentí el cambio. Sentí que algo se iba parando, parándose como un coche cuyo conductor ha dejado de acelerar, y sentí también, curiosamente, que yo iba dentro de aquel algo. ¿Será el tiempo como un vehículo?, pensé. ¿Será algo que nos lleva, que nos transporta, que nos arrastra de un punto a otro a una velocidad variable? A medida que pasaban los días y las semanas, la sensación de que en el monasterio el tiempo iba más lento se fue haciendo evidente. Me sobraban las horas, el temario de las oposiciones a notaría comenzaba a parecerme corto, tenía la impresión de que mi corazón palpitaba según un compás dulce y tranquilo. Un día, era al atardecer, salí a dar un paseo y reparé en la silueta y en las primeras luces de una ciudad. ¿Qué ciudad será?, pensé con una emoción parecida a la que debieron de sentir los mercaderes antiguos cuando, tras largas travesías, divisaban por fin Samarcanda o Estambul. No miento al decir que tardé bastante en tener conciencia de que aquella ciudad que tan ajena me resultaba era justamente la mía, la de siempre. Al principio pensé que el cambio de tiempo –de vehículo– había alterado mi percepción de la distancia, pero luego, cuando lo volví a pensar, descubrí que el cambio había tenido más consecuencias, que había afectado a las zonas más íntimas de mi ser.

–¿Cómo que a las zonas más íntimas? –preguntó la C aprovechando que la N se había tomado un respiro.

–¿Ha conocido usted a algún emigrante? –le dijo la N–. El emigrante vuelve a su país natal creyendo ser el mismo de siempre. Pero llega y no se acomoda. ¿Por qué? Pues porque la estancia en el extranjero le ha cambiado por dentro, y todo le parece extraño, ajeno.

–¿Y ésa era su sensación después de pasar unas pocas semanas en el monasterio? –preguntó la S con algo de sorna.

–Le repito lo que he dicho antes. Tuve la sensación de que me encontraba dentro de otro algo. Dentro de otro vehículo, dentro de otro país. Y que, desde allí, mi ciudad de siempre me resultaba ajena.

–Desde luego, la experiencia parece muy interesante –dije–. Y ahora, para terminar su intervención y para que todo lo que nos ha contado incida más plenamente en el tema general de la mesa redonda, dígame en muy pocas palabras: ¿Cómo definiría usted el tiempo?

–A mí me parece que es una característica de cada país, entendiendo por país cualquier núcleo de vida, sea un monasterio, un pueblo, un cuartel, una casa o lo que sea. Igual que se habla de países húmedos y secos, podría hablarse de países de tiempo lento y países de tiempo rápido.

–Entonces, según usted, ¿cuántas clases de tiempo hay? –preguntó la C con cara de curiosidad.

–Muchísimas clases. Quizás cien, quizás mil, quizás más –respondió la N–. Como ven, y aunque parezca paradójico, no estoy de acuerdo con Newton. Eso de que, como dice su teoría, el tiempo sea algo que fluye sin relación con nada externo, me parece bastante negable.

Escuchaba las palabras de las participantes y me regocijaba pensando en lo bien que estaba saliendo la mesa redonda. Por decirlo de una manera vulgar pero contundente, el soberbio edificio intelectual soñado iba para arriba con la ligereza de la espuma, y todo hacía pensar que aquella ascensión continuaría hasta el tejado del verdadero saber. Pero la barbarie, siempre al acecho, no deseaba aquello. Deseaba que nuestra obra quedara a medias.

Ocurrió cuando la C preparaba un comentario sobre las palabras de la N. La puerta de la sala se abrió de golpe, y la G, en plan gorila, gritó:

–¡Goooool! ¡Gol! ¡Gol! ¡Gol!

–Seguro que ha marcado Savicevic –dijo la S con una sonrisa de superioridad.

–Así es, Savicevic. ¡Ha sido la hostia! ¡De verdad que ha sido la hostia! –dijo la H hollando todo lo que encontraba a su paso. Ciertamente, era un hooligan auténtico.

–¿De qué equipo es Savicevic? –preguntó alguien.

–Del Milán –respondió la M.

–¡Milán uno, París St. Germain cero! –gritó la H poniéndose a bailar sobre nuestra mesa.

–¡Qué partido! ¡Pura poesía! –suspiró la P desde la puerta.

–¡*Forza* Milán! –gritó la F.

–*¡Forza!* –coreó una buena decena de letras. El entusiasmo de la cuadrilla futbolera comenzaba a ser contagioso.

«Ante el desastre, mano de sastre», pensé. Ya que una buena parte de la tela había sido mordida por la polilla, sólo cabía el tijeretazo. Valía más quedarse con un pequeño pero fiel grupo de letras, que seguir adelante con todo aquel lío.

–Las que quieran ver el fútbol, que se vayan y nos dejen a las demás en paz. Esta reunión es muy seria –dije en alto.

Se hizo el silencio en toda la sala y, por un momento, pensé que todo iría bien, que incluso la H se iba a quedar. Pero aquella calma no hacía sino presagiar la tormenta que vino a continuación. En medio de un ruido de sillas y botellas, la mayor parte de las letras dejó su puesto y se abalanzó hacia el bar.

–¡*Forza* Milán! –gritó la F.

–*¡Forza!* –corearon las letras que ya bajaban por la escalera. Sonó tan fuerte que temí por la estabilidad de la sala.

Cuando tuve la suficiente presencia de ánimo como para levantar los ojos, miré al grupo de fieles que había decidido seguir con la mesa redonda y continuar su lucha con el escurridizo tema del tiempo. Eran únicamente cinco.

–Os lo agradezco mucho –dije.

–La primera de las letras no podía faltar –dijo la A.

–Yo soy una entusiasta de las mesas redondas –añadió la E.

–Yo soy del Milán, y no me importaría ver el partido –explicó la M–. Pero estoy en una época meditativa de mi vida, y prefiero no moverme.

–A mí no me interesa el fútbol –dijo la nonagenaria N.

–Para mí, lo primero es la corrección –dijo la C–. Y abandonar una mesa redonda cuando todavía faltan muchos grados para completarla es una falta de corrección. Dicho sea de paso, estoy bastante consternada por el comportamiento de la S. Creía que era una letra más seria.

– Ya lo he dicho antes. Ella se cree seria, pero es simple –dijo la P entrando por la puerta–. Hay tal multitud viendo el partido que es imposible disfrutarlo. Prefiero reincorporarme a la mesa redonda. Si es que sigue habiendo sitio para un poeta, claro.

–Hay sitio de sobra –le respondí con cierto resquemor. No podía olvidar que la P había sido la primera en unirse al hooligan.

–¿Queda mucho para que termine el partido? –preguntó la M.

–No mucho. Unos veinte minutos –respondió la P.

–Bien, sigamos –dije con cierta impaciencia–. ¿Quién quiere seguir? ¿Quién quiere recoger la antorcha?

–Tendré que ser yo –dijo la A sin asomo de esa arrogancia que algunos le atribuyen–. Pero no teman, no voy a hablarles de la concepción del tiempo en Aristóteles, sino de algo aparentemente más anecdótico y también, al menos eso espero, más ameno. Abreviando: voy a hablarles del ajedrez. Si se fijan ustedes en el tablero de ajedrez, verán que no tiene centro; verán que lo que hay en su lugar es un cuadrado de cuatro casillas, dos blancas en diagonal y dos negras también, por supuesto, en diagonal. ¿Qué significa eso? Pues, según cierta tradición, el tablero de ajedrez sería, entre otras cosas, una representación simbólica del tiempo, al cual definiría como un algo que no tiene centro y avanza de cuatro en cuatro. Repito: algo que no tiene centro y avanza de cuatro en cuatro.

–De cuatro en cuatro estaciones, supongo –inquirió la E.

–Así es –admitió la A–. El tiempo avanza de cuatro en cuatro estaciones.

–Cierto –dijo la C–, pero quisiera hacer una corrección. Ha hablado usted de un cuadrado, y quizás habría sido mejor hablar de un círculo, porque en la realidad, en la realidad del mundo rural, por ejemplo, no se repiten únicamente esos cuatro momentos, sino que a lo largo del año se repiten muchísimos más; momentos que, generalmente, y dicho sea de paso, suelen estar señalados con fiestas y con santos, y que representan hitos de la vida agrícola o ganadera. Así las cosas, al haber tantos momentos repetidos, y no puramente cuatro, el tiempo pierde en cuadratura y gana en circularidad. Observe usted, y con esta apreciación acabo, que cuando se popularizaron los relojes, éstos tomaron forma circular.

Después de la correctísima intervención de la C, hubo un momento de silencio y de reflexión. A continuación, la A retomó la palabra.

–Si yo fuera la A de Antigüedad, le daría la razón y aceptaría su aportación en todo. Sin embargo, como me siento más cerca de la actualidad que de la antigüedad, me veo obligada a recordarle que su descripción ya no se ajusta a los hechos, porque, como usted bien sabe, hoy en día los relojes tienden a ser rectangulares. A medida que las ciudades van creciendo e imponiéndose sobre lo rural, el tiempo va transformándose y cambiando de naturaleza. En lo que respecta a Occidente, esto es completamente cierto.

–Amigas mías –murmuró la M–, no hay tanto misterio. Si se me permite un inocente juego de palabras, yo diría que, en algunas partes del mundo, el mundo ha cambiado mucho. Repito: lo que ha cambiado en algunos lugares como Manchester, Michigan o Madrid es el mundo, o si prefieren otra palabra, el modo de vida, la cultura, la civilización. Así las cosas, el tiempo no es el mismo, pero tampoco la Muerte es la misma, ni la Música, ni el Mal, ni la Magia...

–Como saben, yo acabo de cumplir los noventa años –dijo la N–, y puedo afirmar con toda autoridad que eso que ha dicho mi compañera M es verdad. El mundo ha cambiado mucho. Yo creo que ha cambiado más desde mi nacimiento hasta ahora, que desde el nacimiento de Jesús hasta mi nacimiento. Más en 90 años que en 1.900...

–Muchos ancianos corroborarían esa opinión suya, estoy seguro de ello –dije.

–Si me lo permiten –continuó la N–, puedo contarles una anécdota que ilustra perfectamente ese hecho.

–Adelante –la animé yo con mi mejor sonrisa. Realmente, quién iba a pensar al comienzo de la mesa redonda que aquella letra anciana iba a convertirse en uno de los pilares del edificio intelectual que yo anhelaba construir.

–Pues, cuando vivía en Nápoles, tenía la costumbre de visitar el museo donde se guarda parte de las pinturas y esculturas de Pompeya, cuadros y esculturas en los que pueden contemplarse escenas de la vida cotidiana de hace dos mil años. ¿Qué pensamos al ver esas escenas? Pues que son las mismas que las que hasta hace treinta o cuarenta años podían verse en las zonas rurales de Italia, España o Grecia. Por poner un ejemplo, hay en ese museo varios cuadros en los que se ve a unas niñas jugando a las tabas. Eso demuestra lo que decía antes. Que, en ciertas zonas, la vida cambió poco durante casi dos mil años.

–En Petronio puede leerse una cosa bastante parecida –dijo la P dejando a un lado el libro de poemas que había estado ojeando–. Petronio describe un juego que yo misma practiqué en mi infancia y que, al menos en mi pueblo, se llamaba el juego del caballo fuerte o del burro. Consiste en que los niños de un grupo se ponen en fila y se agachan hasta formar una especie de caballo o burro, mientras que los del otro grupo saltan sobre ellos como jinetes intentando que doblen la rodilla. Ya digo, este juego que cita Petronio lo he practicado yo. Y no soy tan viejo, creo.

–Tenéis razón –dije–. El mundo ha cambiado mucho. Pero ¿a mejor o a peor?

–A peor –dijo la P.

–A mejor –dijo la M.

Hay mesas redondas que, como ciertos cohetes que se usan en los llamados fuegos artificiales, explotan y se expanden por segunda vez cuando ya no queda sino el rescoldo de la explosión originaria. Según todos los indicios, la nuestra pertenecía a esa privilegiada clase. Habíamos partido de un tema general –generalísimo– y escurridizo –escurridicísimo–, y he aquí que, cuando ya parecía agotado, surgía desde su fondo otro tema general –generalísimo– y escurridizo –escurridicísimo–: el tema de si los tiempos cambiaban a mejor o a peor, la eterna cuestión de la edad de oro. Ya me felicitaba por lo que, suponía, iba a ser otra fiesta constructora de sabiduría, cuando un fragor procedente de las escaleras interrumpió mis reflexiones. Comprendí con horror que se trataba de la numerosa cuadrilla futbolera de la H.

–Oeeee, Oe, Oe, Oeee, Oeee... –cantaba la cuadrilla. Reconocí, al frente de ella y como primera voz, a la O, que supuestamente estaba encargada del orden.

–Parece que ha ganado el Milán –dijo la M.

–¡Victoria! ¡Victoria! –gritó la V irrumpiendo en la sala junto con la O, la H, la S y todas las demás desertoras de la mesa redonda.

–Ha sido la hostia. Milán dos, París St. Germain cero –chilló la H dejando una caja de botellas de cerveza sobre la mesa.

–¡Savicevic! ¡El segundo también ha sido obra de Savicevic! –gritó la S.

La segunda explosión de la mesa redonda fue materialmente neutralizada por aquella otra bárbara explosión de alegría deportiva. Nada podía hacer yo, y nada podían hacer las letras que fielmente me habían acompañado. La A puso cara adusta, y la E y la C intentaron enfrentarse y contraatacar al grupo. La P llegó incluso a protestar en nombre de todos los que, según la M, estábamos siendo marginados o, según la N, ninguneados. Pero lo que la F llamó fiesta del fútbol continuó adelante. Decidimos –la P volvió a acudir en nuestra ayuda– armarnos de paciencia y esperar. No estábamos dispuestos a que la mesa redonda acabara de aquella manera. No, no serían ellas las que dijeran la última palabra.

Después de unas horas, la fiesta perdió fuelle, y la tristeza bárbara que siempre sigue a la alegría bárbara hizo su aparición. La sala se llenó de lamentos y lloros alcohólicos, y la mayoría de las letras optó por marcharse. Aunque no todas lo lograron –caminar a cuatro patas no es tan fácil como parece–, nos quedamos bastante solos.

El momento de coronar nuestra ceremonia había llegado.

–Bien, si alguien quiere añadir algo, que lo haga –dije–. De lo contrario, daré por finalizada la mesa redonda sobre el tiempo.

Para mi sorpresa, la H levantó la mano. Estaba encima de la mesa, entre botellas vacías de cerveza.

–Yo quiero hablar –dijo

–Adelante –la invité.

–Pues resulta que con el tiempo a mí me pasa algo raro.

–¿Desde qué punto de vista?

–Desde el punto de vista de un hooligan, supongo. Porque yo soy un hooligan, o para decirlo como en la época de Di Stefano y Kubala, un hincha. No sé si os lo había dicho.

–Sí, algo sabíamos. Pero, adelante, cuenta lo que te pasa.

–Pues me pasa que cuando mi equipo va ganando uno a cero cada minuto se me hace larguísimo. Es como si el reloj se parara y como si el equipo contrario tuviera todo el tiempo para empatar. Cuando es al revés, en cambio, cuando somos nosotros los que vamos perdiendo uno a cero, mi impresión es que el tiempo vuela y que nos va a resultar imposible remontar el resultado. No sé, me gustaría que alguien me explicara este misterio.

–¿Y qué te parece si dejamos el tema para la próxima mesa redonda? La titularemos «Subjetividad y Tiempo».

–Por mí de acuerdo –dijo la H–. Pero que no sea un miércoles. Los miércoles siempre hay partido.

–Lo tendré en cuenta.

Luego me dirigí a las letras que habían aguantado hasta el final.

–Bien, la reunión ha finalizado. Os agradezco vuestra participación –dije, y las seis letras que habían conseguido llegar hasta allí asintieron con la cabeza y me devolvieron las gracias.

DESDE GROENLANDIA CON AMOR

Hay veces en que conviene ser humilde y recurrir a la enciclopedia para saber algo de ese lugar lejano en el que por azar nos hemos fijado y donde no tenemos a nadie, ni siquiera un tío o una tía, o un compañero de colegio, o alguien nacido en nuestro barrio o nuestro pueblo, y así precisamente actuamos los redactores de la revista literaria *Benjamin Pott* el día en que nos conectamos a la red. Hicimos clic sobre unas letras azules que decían *Solomon Geography Words*, y nos pusimos a mirar en las diferentes páginas electrónicas.

–Es fantástico –dijo J. La cantidad de información que aparecía en la pantalla le obnubilaba por momentos–. *Acahay, Acajete, Acajutla, Acámbaro, Acaponeta, Acapulco, Acaray, Acari, Acarigua, Acatenango...*

Cada vez que J hacía clic sobre la pantalla, las palabras revoloteaban durante unos segundos. Luego, volvían a posarse y a cobrar sentido: *Baffin, Bages, Bagdad...*

–Cuarenta K de información sobre Bagdad –dijo M. También ella estaba impresionada con el invento.

–Sobre Canadá trescientos doce –añadió J, que ya estaba en la C del *Solomon Geography Words.*

–Sobre el Chad, en cambio, sólo cincuenta y seis –comenté por mi parte aprovechando un nuevo clic. Como suele decirse, no me parecía que todo el monte fuera orégano.

–Sobre Detroit, ciento quince –contraatacó J con rotundidad.

–Ya, pero sólo cuatro sobre Eskisehir –apunté.

Los clics se sucedían. El revoloteo de palabras dominaba el paisaje de la pantalla.

–Sin embargo, la villa de Fontenay-aux-Roses tiene ella solita veinticuatro –leyó M tras un nuevo clic. Estaba a favor de J y de Solomon.

–Supongo que por tratarse de un centro de investigación nuclear –respondí con cierta displicencia leyendo en la pantalla.

–Me gustaría saber si Groenlandia es o no una isla –dijo de pronto Z saliendo del mutismo que hasta entonces había mantenido.

Hubo un nuevo clic, un nuevo revoloteo. Un instante después, allí estaba la respuesta de nuestro desconocido amigo Solomon:

Groenlandia: isla al norte de América, cubierta en su mayor parte por hielo. Superficie: 2.180.000 kilómetros cuadrados. Habitantes: 42.000, esquimales y daneses. Capital: Nuuk, antes Godthaab. Minas de uranio, de plomo y de zinc. Políticamente, pertenece a Dinamarca, aunque con un cierto grado de autonomía política...

–O sea, que es una isla –dijo Z apartándose de la pantalla.

Por mi parte, tuve ganas de hacer un cálculo:

–Si el número de kilómetros cuadrados de Groenlandia asciende a 2.180.000 y el número de habitantes a 42.000, eso significa que hay algo más de 50 kilómetros cuadrados de superficie helada por cada esquimal –dije. En más de un sentido, la idea me daba frío.

–Voy al bar a tomarme un café –dijo Z. Satisfecha su curiosidad, ya no le interesaba lo que J y M pudieran descubrir en la pantalla.

–Te acompaño –le dije. Mi curiosidad también estaba satisfecha. El jueguecito del clic me aburría un poco. Por otra parte, que la información apareciera sobre un fondo luminoso azul en lugar de hacerlo sobre el blanco o el tostado del papel me parecía irrelevante.

Pero me equivocaba. Como tantas veces, me había apresurado en el juicio. La enciclopedia de aquel tal Solomon guardaba secretos que yo no podía imaginar. La voz de Leik Ikili, por ejemplo, un escritor que J y M habían descubierto leyendo un artículo que hablaba de él y de la base militar estadounidense de Thule. O mejor dicho: tras la lectura de un artículo que hablaba de la base militar estadounidense de Thule y que le citaba de paso.

Todo comenzó cuando Z y yo volvimos de tomar café.

–Os voy a dar una noticia que acabamos de leer en la pantalla –nos dijo J en cuanto nos vio en la puerta–. Thule se ha convertido en base militar. ¡Qué desgracia tan grande!

Todos los nombres no son iguales. Decir «Río Bravo» no es lo mismo que decir «Río Ebro», como tampoco es lo mismo decir «Guernica» que «Amorebieta» o «Navalmoral». Por eso le había dolido la noticia a J. Porque asociaba Thule a Sigrid, la novia del Capitán Trueno, y también a un poema que había aprendido en la escuela y que hablaba de las Tierras del Norte y de «la postrera de las tierras». J se sentía como si hubiera instalado una base militar en su propia infancia.

–Leed el artículo, si queréis. Está muy bien –nos dijo J haciendo girar el ordenador y colocando la pantalla en nuestra dirección.

Efectivamente, el artículo estaba bien. Describía los problemas que habían surgido tras la construcción y puesta en marcha de la base cuando las morsas, no pudiendo soportar el ruido que hacían los aviones al aterrizar y despegar, emigraron a un lugar más silencioso y dejaron a los esquimales de Thule sin lo que, de forma un tanto eufemística, se denomina *modus vivendi.* «Entonces, la mayoría de los habitantes de la ciudad fueron trasladados a Gronedal, donde se les dio casa y vehículo, además de un contrato en el que se fijaba un sueldo mensual para todos los miembros adultos de la familia», informaba el artículo. Y continuaba: «Sin embargo, a pesar de todas las ventajas materiales, pronto surgieron entre la gente de Thule los problemas típicos de la emigración y el desarraigo. Hubo muchos casos de depresión y hasta algún suicidio. La municipalidad de Gronedal y el propio gobierno de la isla se vieron obligados a tomar cartas en el asunto».

Por lo visto, una de esas cartas había sido la de los psicólogos; otra, la campaña en favor de la lectura. Que se trataran en el hospital los casos más graves, pero que con los demás, sobre todo con los jóvenes, se utilizara la literatura. Leer libros podía ser una vacuna contra la mala climatología de la vida. En realidad, siempre lo había sido. A lo largo de la historia legiones enteras de exiliados, presos, enfermos, solitarios despechados o débiles habían encontrado apoyo en la lectura. ¿Por qué no los emigrados de Thule? Con esas ideas en la cabeza, los promotores de la campaña habían diseñado un cartel en el que aparecía un perro husky de ojos muy azules y a su lado un libro. «Los dos mejores amigos del hombre», rezaba el cartel en su parte inferior. Al parecer, el ambiente literario de Groenlandia no difiere mucho del que se suele dar en ámbitos más poblados, y la polémica que generó la campaña en favor de la lectura debió de ser tan virulenta que –según escribía humorísticamente el autor del artículo– «estuvo a punto de ocurrir lo de Thule, cuando miles de morsas salieron huyendo. Sé de buena fuente que también las morsas de Gronedal se plantearon la cuestión ante el fragor de las discusiones literarias de la ciudad. Felizmente, las morsas decidieron aguantar y quedarse, y no hubo otra emigración, otra campaña, otra polémica, otra huida, otra emigración, otra campaña, otra polémica... En una palabra: la prudencia animal impidió que se entrara en una dinámica que no hubiese tenido más fin que el completo vaciamiento de la isla».

Así de encrespadas estaban las cosas cuando el escritor Leik Ikili decidió tomar parte en la polémica y dio una multitudinaria conferencia exponiendo su punto de vista acerca del tema y criticando a los responsables de la campaña.

–¿Quién será este Leik Ikili? –le pregunté a J después de finalizar la lectura del artículo.

–Pues no lo sé. Pero tenemos su voz –dijo J con cierto orgullo.

–¿Cómo que tenemos su voz?

Sin responderme directamente, J hizo clic en un punto de la pantalla. Un par de segundos más tarde, el ordenador comenzó a hablar. Me quedé estupefacto. Ignoraba que nuestro aparato fuera capaz de reproducir sonidos.

–Aquí tienes a Leik Ikili –dijo J. Estaba feliz.

–¿Cómo lo has hecho? –pregunté. No terminaba de salir de mi asombro.

–Pues haciendo clic en *audio*. Cómo quieres que sea –me informó M.

–¿De qué está hablando este hombre? –preguntó Z.

–Yo creo que se trata de la conferencia que dio con motivo de la campaña, pero en inglés. La grabación pertenece a la Biblioteca del Congreso –dijo J.

–¿A la Biblioteca del Congreso de Washington? –dije. Sentía un poco de vértigo. Realmente, aquello se parecía bastante a una navegación por el espacio.

–Claro –dijeron J y M al unísono. Me asombraba lo rápidamente que se habían adaptado al mundo del siglo XXI.

–Me gustaría escuchar la conferencia –dijo Z sentándose junto a J y M. Yo le imité enseguida. El asombro continuo cansa muchísimo.

Leik Ikili tenía una voz ronca, de fumador y bebedor, de hombre nocturno. Hablaba pausadamente, en un inglés que a veces sonaba a alemán, y no se reprimía a la hora de toser o carraspear. En realidad, no parecía muy impresionado con la grabación, y hablaba como para sí mismo, con pausas y cambios de ritmo que no hubieran sido aceptables en un programa de radio o de televisión. De vez en cuando, sus palabras subían de tono y se cargaban de violencia y de indignación; otras veces, en cambio, su voz se adelgazaba y parecía frágil, la de una persona que está a punto de emocionarse. Le calculamos unos sesenta años.

En cuanto a la propia conferencia, tenía razón J. Se trataba de una respuesta a los organizadores de la campaña en favor de la lectura en Gronedal. Leik Ikili discutía los principios literarios que al parecer estaban en la base de dicho programa, e ilustraba sus puntos de vista con poemas y pequeños textos en prosa. En cierto sentido, la conferencia podía entenderse como una poética.

–Me gustaría escuchar la conferencia desde el principio. ¿Se puede? –dijo Z.

–Claro que se puede –dijo J haciendo una serie de clics–. ¡Vamos allá! ¡Veamos qué nos cuenta este escritor de las heladas tierras de Thule! ¡Luchemos contra la endogamia cultural que nos asfixia!

La redacción de nuestra revista literaria nunca se había visto más animada. Nos sentíamos felices de que la red a la que nos acabábamos de conectar nos permitiera el lujo de escuchar a un escritor de Groenlandia.

J volvió a hacer clic y todos nos quedamos en silencio. Yo cogí papel y lápiz y me dispuse a tomar notas. Quizás pudiéramos publicar aquel texto en el siguiente número de la revista.

–*Respuesta a los organizadores de la campaña en favor de la lectura. Primer punto* –dijo la voz ronca de Leik Ikili. J había subido el volumen del ordenador, y se le oía con mucha potencia–: *No se debe hablar de «literatura»; se debe hablar de «libros». No se debe decir «me gusta la literatura»; se debe decir «me gustan los libros», «me gusta leer libros». A veces, conviene incluso concretar más: en lugar de «me gustan los libros», lo que hay que decir es: «me gustan los libros de Dickens». Al fin y al cabo, nadie habla de que lo que le gusta es «comer»; se habla del «salmón al estilo de Thule» o del bacalao frito en salsa de oso. ¡No! ¡No se debe hablar de literatura! ¡No se debe hablar en abstracto, sino en concreto! ¡Hay que hablar de libros!*

Leik Ikili carraspeó un poco y se tomó un respiro.

–*Segundo punto: Sobre la facilidad o dificultad de los libros* –continuó Leik Ikili–. *Hay libros que se leen con mucha facilidad, y otros que resultan difíciles. Pues bien: conozco personas que desprecian los libros de lectura fácil argumentando que, como dijo el gran Joubert, son libros mediocres para gente mediocre; libros repletos de clichés y de tópicos, que no exigen más inteligencia que la que hace falta para ir sentado en un trineo. Me adelanto a responder: eso es mentira, ésos son inventos de escritores despechados que mejor harían en tomar un laxante. ¿Cómo que no puede haber libros fáciles de leer que además sean buenos? ¿Pero cómo no va a haberlos? Yo conozco un poema que es sencillísimo, y que sin embargo me hace reír. ¿Seré por eso el hombre más tonto de Groenlandia? ¿Quién puede decir que este poema titulado «Ping pong» y escrito por un poeta alemán cuyo nombre no recuerdo es malo? ¿Qué estreñido se atreverá a decirlo? Pero no voy a ponerme ahora a hablar de estreñidos. Lo que voy a hacer es recitar el poema.*

PING PONG

Ping pong
ping pong ping
pong ping pong
ping pong.

También hay gente, mucha gente, que está en contra de lo difícil, de los libros que requieren algún esfuerzo. «No me aburras, por favor», protestan cuando se les enseña una frase o un párrafo complicado. «¡Qué pesadez!», exclaman cuando se les pide que lean una novela o un cuento sin diálogos. Pues bien: también éstos son idiotas. Existen, desde luego, escritores que disimulan su vaciedad y su falta de ideas embarullando el texto, pero, olvidando las excepciones, es urgente reconocer la verdad: los textos difíciles pueden ser estupendos. Estupendo es, por ejemplo, aquel poema de Sylvia Plath titulado «El espejo».

EL ESPEJO

Soy plateado y exacto. No tengo ideas previas.
Trago todo lo que veo inmediatamente,
tal como es, sin empañarlo de amor o desagrado.
No soy cruel, soy únicamente veraz;
el ojo de un pequeño dios, con cuatro esquinas.
Paso la mayor parte del tiempo reflexionando sobre la pared de enfrente;
es de color rosa, con puntitos.
Llevo tanto tiempo contemplándola
que ya me parece una parte de mi corazón. Pero tiene altibajos.
Los rostros y la oscuridad me separan de ella una y otra vez.

Ahora soy una laguna. Una mujer se inclina hacia mí
para preguntarse en toda mi extensión qué es ella verdaderamente.
Luego se vuelve hacia esas mentirosas, hacia la luna o las velas.
Lealmente, veo su espalda y la reflejo.
Me premia agitando las manos y con lágrimas.
Soy importante para ella. Va y viene donde mí.
Su rostro ocupa cada mañana el lugar de la oscuridad.
Ha ahogado en mí a una muchacha, y en mí la va alcanzando
una mujer vieja día tras día, como un terrible pez.

Los organizadores de la campaña de lectura no han incluido en su lista ni un solo libro de poesía. No dicen que todos sean malos, no lle-

gan a tanto; se limitan a decir que son difíciles y resultarían incomprensibles para la gente que han traído de Thule. Sin embargo, lo único que exigen los textos difíciles es atención, una segunda, tercera o cuarta lectura. ¿Acaso no se leen dos veces, o más, los prospectos de las medicinas? Lo mismo puede hacerse con textos como los de Sylvia Plath. En Groenlandia nos faltan muchas cosas, por ejemplo naranjas, por ejemplo palmeras, pero de tiempo no andamos tan mal. ¿Qué nos impide leer el poema del espejo por segunda vez? Sólo una garganta seca podría impedírnoslo, y ése no es precisamente el caso.

EL ESPEJO

Soy plateado y exacto. No tengo ideas previas.
Trago todo lo que veo inmediatamente,
tal como es, sin empañarlo de amor o desagrado.
No soy cruel, soy únicamente veraz;
el ojo de un pequeño dios, con cuatro esquinas.
Paso la mayor parte del tiempo reflexionando sobre la pared de enfrente;
es de color rosa, con puntitos.
Llevo tanto tiempo contemplándola
que ya me parece una parte de mi corazón. Pero tiene altibajos.
Los rostros y la oscuridad me separan de ella una y otra vez.

Ahora soy una laguna. Una mujer se inclina hacia mí
para preguntarse en toda mi extensión qué es ella verdaderamente.
Luego se vuelve hacia esas mentirosas, hacia la luna o las velas.
Lealmente, veo su espalda y la reflejo.
Me premia agitando las manos y con lágrimas.
Soy importante para ella. Va y viene donde mí.
Su rostro ocupa cada mañana el lugar de la oscuridad.

Ha ahogado en mí a una muchacha, y en mí la va alcanzando
una mujer vieja día tras día, como un terrible pez.

Lo mismo los textos fáciles que los difíciles, todos pueden valer para despertar en la gente de Thule la afición a la lectura; pero hay que saber elegir, hay que saber qué libro conviene en cada ocasión, y de nada sirve elaborar listas como las que ha publicado el comité organizador de la campaña. La mayoría de los libros que figuran en ella me recuerda el menú que proponía hace tiempo cierto restaurante de la capital, a base de ensaladas de lechuga, batidos bajos en calorías, insípido pescado hervido, carne de pavo importada y cerveza sin alcohol, y estoy seguro de que los lectores de Thule se sentirán como yo cuando entré allí y me vi frente a uno de esos platos, es decir, que se sentirán enfermos, tristes, con ganas de tirarse de cabeza a un fiordo.

No hace mucho, en un arrebato, cogí el teléfono y llamé al responsable de la campaña. Quería enterarme de los criterios que habían seguido a la hora de elaborar la lista. No logré que él me lo explicara. En realidad, no podía hacerlo, porque no tiene ni idea de cómo trabaja un libro. Es como aquel turista que hace algunos años fue a visitar el norte y al ver un iglú preguntó: «¿Dónde está el resto de la casa?». Sin embargo, a pesar de su ignorancia, él ha sido el encargado de la elección. «La lista está abierta», me dijo por teléfono, «añada los libros que quiera». «No colaboraré en esa chapuza», le respondí. «¿Por qué no le gusta la lista? ¿Qué tiene contra Hamlet*?» Tuve que inspirar un montón de aire antes de ponerme a hablar. «No me joda ahora con* Hamlet*», le grité. «Esa obra no puede resonar en el interior de la gente de Thule, no puede crear ecos. Ellos no lo relacionarán con nada de su experiencia y escucharán el monólogo del ser o no ser como si fuera español. En un futuro, dentro de diez años, después de muchos otros libros, quizás sí, quizás les diga algo. Pero, ahora, imposible.»*

Leik Ikili enlazaba sus comentarios sobre la lista de libros con un ejemplo que ilustraba su punto de vista, una historia sobre esquimales y curas protestantes, pero nosotros no la tomamos en cuenta. Decidimos –una semana más tarde, cuando empezamos a preparar el siguiente número de la revista– no traducirla, más que nada por seguir la teoría de los ecos y las resonancias, y buscamos en su lugar alguna otra más cercana a nuestra experiencia. Recurrimos para ello al *Solomon Dictionary of Literature*, y encontramos así –en la página *vig-vill* y en las páginas *Mart* y *Tru* respectivamente– a nuestros amigos Enrique Vila-Matas, Ignacio Martínez de Pisón y David Trueba; sin embargo, sus textos eran demasiado largos y no podían incrustarse con naturalidad en la lección groenlandesa. «Éste es nuestro hombre», dijo al fin nuestro compañero Z señalando la página *Mol-Mon*. Leímos lo que nos señalaba su dedo índice y, efectivamente, allí estaba el autor cuyas historias más se acercaban a la que Ikili había contado: Augusto Monterroso. Elegimos una de ellas titulada «La fe y las montañas» e inmediatamente hicimos el cambio.

LA FE Y LAS MONTAÑAS

Al principio la Fe movía montañas sólo cuando era absolutamente necesario, con lo que el paisaje permanecía igual a sí mismo durante milenios.

Pero cuando la Fe comenzó a propagarse y a la gente le pareció divertida la idea de mover montañas, éstas no hacían sino cambiar de sitio, y cada vez era más difícil encontrarlas en el lugar en que uno las había dejado la noche anterior; cosa que por supuesto creaba más dificultades que las que resolvía.

La buena gente prefirió entonces abandonar la Fe y ahora las montañas permanecen por lo general en su sitio.

Cuando en la carretera se produce un derrumbe bajo el cual mueren varios viajeros, es que alguien, muy lejano o inmediato, tuvo un ligerísimo atisbo de Fe.

Los ecos, las resonancias, el texto que cae como una piedra sobre el agua produciendo ondas, despertando al agua, a las palabras, a los pensamientos dormidos... Nos quedaríamos aquí, pensando y repensando la historia de Monterroso, pero debemos seguir con la grabación, debemos volver a Groenlandia.

«¿Para qué leer?», ésta es la pregunta que se hacía Leik Ikili después de la historia de los esquimales y los curas. El tono de su voz era ahora más sosegado.

–¿Para qué leer? Hay aquí, en Gronedal, quien no quiere saber absolutamente nada de la campaña en favor de la lectura, gente que no encuentra ninguna utilidad a los libros. ¿Qué se le puede decir a esta gente? Pues, lo primero, que se parecen mucho a los trogloditas. Lo segundo, que recuerden lo que decía el doctor Johnson, aquello de que un buen libro «aligera la tristeza de los que viven tristes y aumenta la alegría de los que viven felices»; lo tercero, que los libros, muchos de ellos, nos ayudan a descubrir la realidad.

«Lo que nos faltaba», dirán algunos al oír esto último, «leer libros de filosofía».

Pues, por mucho que digan los caramorsas, leer libros de filosofía puede ser muy conveniente, pero, de todos modos, no es ésa la única forma de ir descubriendo la realidad. Pueden valer muchos otros libros, pueden valer incluso los escritos por niños, libros como este que tengo en las manos y que se titula Io speriamo que me lo cavo. *Esto es algo que nunca entenderán los organizadores de la campaña en favor de la lectura, pero es verdad.*

Io speriamo que me lo cavo *se publicó hace unos años en Italia, y recoge las redacciones escritas por los niños de la escuela de Arzano, un pueblo de la zona suburbial de Nápoles. Ante los temas propuestos, los niños escribieron cosas extraordinarias. Como ejemplo de lo que digo, voy a leer ahora una de las redacciones, lo que contestó un niño a la pregunta: ¿Qué personaje histórico es tu preferido? ¡Escuchad con atención, desconocidos amigos que por algún azar habéis encontrado mi voz en alguna máquina! ¡Que no os dé vergüenza escuchar la historia de un niño!*

¿QUÉ PERSONAJE HISTÓRICO ES TU PREFERIDO? POR LUIGI, DE 12 AÑOS

El personaje histórico que a mí más me gusta es Calígula, porque estaba loco. Yo le tengo una gran simpatía a Calígula por su locura. Nombró senador a su caballo, se comió a su hijo para ser como Saturno, llevó a su ejército a la orilla del mar y luego dijo que todo era una broma y que se había inventado al enemigo, quería ser adorado como un dios.

Otro personaje histórico que me gusta mucho es la cabeza de Juan Bautista. Juan Bautista no estaba loco como Calígula, pero era un poco tonto, porque predicaba en el desierto, donde nadie podía oírle. Hacía mucho ayuno; luego, los domingos, comía bayas, insectos y raíces. Cuando le cortaron la cabeza, la pusieron en un plato llano.

Ahora quisiera decir algo que no tiene mucho que ver con el tema. Hay otro personaje que me gusta mucho. No es un personaje histórico, pero de todas formas lo voy a decir, porque ese personaje… es Benino, o Benito, el pastorcillo que se suele colocar en el belén. A mí Benino me gusta muchísimo, porque siempre está dormido y no le importa nada de lo que sucede alrededor. En mi opinión, Benino es el más feliz de todos los personajes históricos.

¡Cómo me emociona la confesión de ese niño de Nápoles! Me hace reír y, al mismo tiempo, me da pena, sobre todo por lo del final, cuando afirma que su personaje preferido es Benito, el pastorcillo que siempre está dormido. Seguro que hay un informe sobre la pobreza en Nápoles, seguro que hay documentales de televisión y artículos de prensa, pero seguro también que ninguno de ellos expresa la verdad de esa realidad con la finura de esa redacción. «Es mejor dormir que vivir sin amigos», escribió Hölderlin, y lo mismo dice, con igual poesía, nuestro niño de Nápoles, «es mejor dormir que tener continuamente problemas». ¡Que vivas muchos años, querido Luigi!

Me pregunto qué escribirían los niños que vinieron de Thule si alguien los pusiera a hacer redacciones. Yo creo que, como los napolitanos, también ellos dejarían unas cuantas gotas de poesía en los cuadernos. «¿Gotas de poesía? ¿Unas cuantas gotas de poesía?», pensarían algunos si pudieran oírme. «Así que el Sr. Ikili pretende tomarse todo ese trabajo sólo por unas cuantas gotas de poesía. ¿No sería más práctico recurrir directamente a los libros de poemas?»

«Dejad que me ría un poco», respondería yo a esos posibles detractores. «No sabéis nada, ni sobre la poesía ni sobre la vida, y deberíais vivir en los fiordos junto a las morsas y los salmones. La poesía se presenta casi siempre en forma de gota, a poquitos, a casinadas. Si lo que vosotros queréis es cantidad, si lo que os gusta son las cosas que se reparten a toneladas, llevaos un camión de harina de pescado a casa, y dejad en paz a la poesía. ¿Qué creéis, además? ¿Que la poesía tiene lu-

gares preferidos y que basta ir a uno de ellos para obtenerla? Pues no es así, no hay indicaciones para llegar hasta la poesía. Puede estar en cualquier parte, y en ninguna. Puede estar en la redacción de un niño, puede aparecer en medio de un debate de televisión, puede salir de la boca del carnicero que nos está sirviendo en el supermercado. Por el contrario, es posible leer cien libros de poemas sin encontrar rastro poético alguno. Ésa es la paradoja, por eso es este juego tan hermoso y divertido.»

El día en que tradujimos la conferencia, interrumpimos el trabajo en este punto y nos pusimos a buscar una entrevista que se acababa de publicar en el periódico y que, según M, ilustraba a las mil maravillas el punto de vista de Leik Ikili. Dejamos, pues, las nubes groenlandesas y nos pusimos a repasar la prensa de aquella semana. «Es una entrevista a Luis Villasante, el antiguo presidente de la Academia de la Lengua Vasca», dijo M, y todos estuvimos de acuerdo en que, efectivamente, nunca lo hubiéramos imaginado. ¿Poesía en boca de un filólogo? ¿Poesía en un académico? Sin embargo, leímos la entrevista que le había hecho el periodista Félix Ibargutxi y pensamos que nuestra compañera llevaba razón. Y que, en consecuencia, también Leik Ikili la llevaba. Sin pensárnoslo dos veces, incrustamos el texto en la conferencia.

–Díganos, Sr. Villasante, ¿usted vivió en su familia un ambiente favorable al euskera?

–Mi padre no sabía euskera. Era del Valle de Mena.

–Al norte de Burgos.

–Sí, pero a sesenta kilómetros de Bilbao. De pequeño, solíamos ir en el ferrocarril de La Robla a una casa que tenía su hermana en el pue-

blo a pasar un mes. Ahora está aquello lleno de chalés de gente de Bilbao.

–¿Y su madre sabía euskera?

–Claro que sabía euskera. Era de Aulestia. Pero tuve la desgracia de perderla cuando tenía seis años, por problemas de parto. Recuerdo que, al ponerse mal mi madre, me mandaron a jugar a la calle y un hombre me dio una cría de pájaro, viva. Allí iba yo con el pájaro en la mano a enseñarlo a los de casa cuando me la encontré llena de gente. Mi madre había muerto.

Taxonomía y *taxidermia*, con estas dos palabras iniciaba Leik Ikili su nueva crítica a la campaña en favor de la lectura. Su tono volvía a ser agresivo.

–La vida es movimiento, y el texto también. Al igual que esos peces nonek *que andan continuamente de un lado para otro y que, por no pararse del todo, ni siquiera saben dormir, los textos también son nerviosos; peces* nonek *hechos de palabras que en lugar de vivir bajo el agua viven y se mueven en nuestro espíritu, buscándose, cruzándose, chocándose, multiplicándose.*

Desgraciadamente, esa vida tiene muchos enemigos. Hay coleccionistas cuyo deseo es disecar los peces nonek *hechos de palabras; hay también clasificadores que pretenden poner barreras a su movimiento; hay, por fin, organizadores de campañas en favor de la lectura que refuerzan el trabajo hecho por los disecadores y clasificadores. Así ha ocurrido en Gronedal. Basta echar un vistazo a la lista de libros que supuestamente va a leer la gente de Thule para darse cuenta de ello. Libros de tamaño grande, aquí; libros pequeños, allá; libros infantiles, abajo; libros policíacos, abajo también, pero a la izquierda; libros de gran actualidad, en el centro; libros de hace veinte años o más, apar-*

tado de los clásicos, última página. ¿Y los libros ideológicamente problemáticos? ¿Los de Ezra Pound, por ejemplo? Nada, esa clase de libros queda fuera de la lista. Sin embargo, Pound tiene poemas muy bellos. Y lo mismo digo de otros autores como Catulo, Petronio o Safo, autores que tampoco figuran en la lista, aunque en este caso por culpa de su antigüedad, porque resulta imposible leer una entrevista suya o contemplarlos en un programa de debate de la televisión noruega, canadiense o danesa.

De todos modos, no sé qué hago yo protestando contra los disecadores y los clasificadores. Sé positivamente que nunca desaparecerán de la faz de la tierra. Sobre todo los clasificadores, porque quien clasifica se convierte en una especie de nuevo Noé, en un hombre poderoso capaz de dejar fuera del arca, de la antología, de la beca, de la mesa redonda, a cualquiera que no le guste. Así que se acabó este tema. Es la última vez que hablo de los disecadores y los clasificadores ¡Que las morsas les coman el pito!

¡Que las morsas les coman el pito!, éstas eran las palabras textuales de Leik Ikili, y todos los miembros de la redacción de la revista estuvimos de acuerdo –no sólo por la expresión en sí, también por el deje que había dado a sus palabras– en que la conferencia había entrado en una fase alcohólica. Sin embargo, Ikili sabía lo que se decía. Una cosa es que no pudiera controlar su expresión, y otra que su razonamiento fuera mediocre. A nosotros no nos lo pareció. En realidad, a nosotros tampoco nos gustan nada los disecadores y los clasificadores, y menos aún los sectarios. Por esa razón, abrimos la caja donde están los textos habitualmente marginados y añadimos otros dos poemas a la conferencia, o mejor dicho a su traducción: uno de Ezra Pound, poeta ya citado por Ikili, y otro de Joseba

Sarrionandia, un escritor que en tiempos pasados perteneció a nuestro grupo, a la revista literaria *Benjamin Pott.*

UN POEMA DE EZRA POUND

Y los días no son lo suficientemente llenos.

Y los días no son lo suficientemente llenos
Y las noches no son lo suficientemente llenas
Y la vida se va como un ratón de campo
Sin ni siquiera mover la hierba.

UN POEMA DE JOSEBA SARRIONANDIA

Ha llegado la época de las cerezas.

Pero en ninguna parte se ven cerezas.
Ha llegado su época, que es la época de
junio y julio,
porque es en marzo y abril cuando florecen los árboles,
pero no hay cerezas.

Sería bueno, ya que estamos en la época de las cerezas,
ver alguna cereza,
cerezas dulces, o al menos alguna cereza amarga.
Las cerezas dulces son rojas,
las amargas amarillas; los cerezos amargos florecen
tarde, los dulces más temprano.
Pero esta mañana no se ven cerezas
ni cerezos.

Al cerezo le conviene una tierra especial
para poder crecer bien;
no crecen en cualquier parte, sobre todo
los dulces.
Los cerezos amargos crecen más fácilmente
que los dulces,
incluso cuando la tierra no es la adecuada
suelen dar cerezas amargas.

Hoy no se ven cerezas dulces
ni cerezas amargas.

Lo mejor es plantar el cerezo al socaire del viento norte.
En los países secos no crece bien.
La cereza de los países secos
suele ser pequeña.

No se ven cerezas grandes ni cerezas pequeñas.
Habrá que plantar cerezos.

Cuando hiela en los llanos y en los valles
suele ser muy perjudicial.
Las heladas de finales de invierno o de primavera
suelen ser las peores.

Lo que se recoge depende del tiempo que haya hecho
a lo largo del año,
pero es difícil hasta el último momento
saber qué cerezas se van a recoger.

¡Quién sabe si los cerezos crecerán y llegarán a florecer!
Llegará su época,
ha llegado ya su época, pero a lo mejor
no habrá cerezas.

La exposición de Leik Ikili tiene un final un tanto inesperado y brusco. Da la impresión de que ya no quiere seguir con el tema de la campaña en favor de la lectura, o de que, más simplemente, pensó aprovechar el final de la grabación para leer un texto literario propio. Sea como fuere, la cuestión es que Ikili comienza sin más ni más a hablar de Adán, de la primera enfermedad de Adán, de lo que le sucedió cuando dejó el paraíso.

–Si llegamos a publicarlo, ¿cómo lo haremos? ¿Con este final o sin él? –preguntó M.

–Vamos a escucharlo otra vez –dijo Z.

–De acuerdo –dijimos los demás.

Hicimos clic en la pantalla y la voz de Leik Ikili, ya muy cansada, volvió a sonar en la redacción de nuestra revista.

–Pienso ahora, por qué no, en la primera enfermedad, es decir, en la enfermedad del primer hombre, Adán. No pienso en una enfermedad grave: para lo que quiero pensar, me basta con una gripe.

Yo no estuve allí, desde luego, pero tengo para mí que Adán no debió de sentir mucho la pérdida del paraíso. Le ocurriría probablemente como a los que saltan de la cama a una habitación fría y no reparan en la baja temperatura hasta el momento en que su cuerpo pierde el calor que había acumulado entre las sábanas; vería Adán el mismo cielo azul que había visto antes, y vería los mismos ríos limpios, y los mismos pájaros, y no tendría otra incomodidad que la provocada por algunas imágenes llegadas como en sueños, imágenes de un ángel con una espada, o de una serpiente, o de un árbol lleno de manzanas a causa del cual, según recordaba lejanamente, habían tenido en el paraíso una gran discusión.

¿Durante cuánto tiempo viviría Adán inmerso en aquella inocencia? Ya he dicho antes que no estuve allí, y no lo sé. Lo que si sé, porque me es fácil imaginarlo, es lo que sintió un día al despertar: dolor de garganta, tos persistente, cierta sensación de mareo y malestar en el estómago. Todo es relativo, y para alguien que había vivido en el paraíso el mal que sentía era terrible. Adán, atemorizado y de un humor que luego, siglos después, alguien llamaría melancolía, se dirigió hacia la mujer que tenía a su lado y exclamó: «¡Eva! ¡Me estoy muriendo!». Por decirlo así, la exclamación resultó en aquel contexto revolucionaria: se utilizaba por primera vez el verbo «morir» y, por primera vez también, aquel hombre reparaba en la persona que le había acompañado tras la salida del paraíso. Efectivamente, allí estaba Eva. Y allí estaba él, Adán, muriéndose.

Incontables fueron, o debieron de ser, las mutaciones producidas durante los días en que Adán tuvo la gripe, pero en esta somera descripción sólo voy a dar cuenta de aquella que, por primera vez en su vida, y por primera vez en el mundo, permitió a Adán decir una frase ligeramente inútil, del estilo de: ¡qué color tan bonito tienen esos melocotones. ¿Qué había ocurrido? Pues que, asustado y débil, es decir enfermo, pudo descubrir al fin la belleza de las cosas.

Imagino ahora lo que ocurrió una semana después. Imagino que, repuesto de la gripe, abrazaría a su mujer y le diría: «¡Eva, nunca me he sentido mejor!»... expresión que en su caso, viniendo de donde venía, era muchísimo decir. Y supongo –para seguir con mis imaginaciones– que Adán mantuvo aquella convicción hasta el día en que, por poner un ejemplo más que posible, descubrió al pequeño Caín con la frente ardiendo y con el cuerpo lleno de manchitas rojas. Y supongo que volvió a pasarlo mal para luego volverlo a pasar bien, y que vivió así hasta el día en que descubrió que la flaqueza que sentía era la flaqueza final. ¿Qué pensaría entonces Adán? Realmente, me da bastante pena no haber estado allí y no saberlo con seguridad, pero me aventuraría a afirmar que, a pesar de todo, a pesar de encontrarse ya sin salida, a pesar de las desgracias familiares del pasado, comprendió y aceptó que la vida era precisamente lo que había ocurrido después de haber salido del paraíso.

Pensaba que tras acabar de escuchar la grabación de Leik Ikili apagaríamos el ordenador y nos iríamos todos a dar una vuelta. Pero, por decirlo así, J, M y Z se habían enviciado con el invento, y no querían separarse del ordenador. Antes de que me diera cuenta, ya estaban curioseando en el *Solomon Dictionary of Literature.*

–Gorki, quince K de información –afirmó J haciendo clic.

–Hoffmann también quince –añadió Z.

–Pocos me parecen –dije. Pero ya había sonado otro clic.

–Icaza, cinco K –dijo M.

–Ben Jonson, cuarenta –dijo Z.

–Krause, doce –dijo J.

–Leibniz, cincuenta y cuatro.

–Llorens, tres.

–Machado, veintisiete.

–Nodier, dos.

–¡Basta! –grité. Ya no podía soportar un clic más. Pero era inútil. Mis compañeros de revista ni siquiera me oyeron.

–O'Neill, once –dijo alguien cuya voz no identifiqué. Estaba al borde del mareo. Cogí la puerta y escapé a la calle.

PLIS PLAS, PLIS PLAS, PLAS PLAS. MEDIO ALFABETO SOBRE LA LITERATURA VASCA

El apunte sobre la literatura vasca estaba sobre mi mesa de trabajo, y yo trataba de corregirlo a la luz de una lámpara. Mientras, afuera, llovía a todo llover, y los regueros que caían del canalón del tejado al empedrado de la calle sonaban –plis plas, plis plas, plas plas– como estallidos. Era verano, eran las seis y media de la mañana, era en mi pueblo natal, verde y gris.

En un momento dado, rocé la lámpara con la mano. Inmediatamente, alguien apareció sobre la mesa.

–Soy Aladino –dijo.

Yo dudé, porque el genio que recordaba haber visto en ilustraciones y películas no se parecía en nada al que tenía delante. Su tamaño, por ejemplo, era insignificante: sentado en uno de los tomos de Azkue, aún le colgaban los pies. Por otra parte, permanecía mudo, y no parecía dispuesto a conceder ningún deseo.

–No me pidas nada, que no te lo daré –dijo el diminuto Aladino confirmando mis sospechas.

–Entonces, ¿a qué has venido? –le pregunté.

–Quiero que me leas tu apunte sobre la literatura vasca –dijo él acomodándose mejor y apoyando la espalda en el segundo tomo del diccionario.

–Nunca imaginé que pudieras estar interesado. Un sujeto como tú, que está en todas las bibliotecas del mundo –me sorprendí.

–Soy de lo que ya no queda. Estoy interesado en todo.

–Tus deseos son órdenes para mí –dije.

Era el mundo al revés. Y era verano, eran las seis y media de la mañana, era en mi pueblo natal, verde y gris.

Volví a mirar al diminuto Aladino. Con el ceño fruncido y la barbilla apoyada en una mano, parecía dispuesto a no perder palabra. Mientras, en la calle, sobre el empedrado, seguía lloviendo, plis plas, plis plas, plas plas.

–Atiende, Aladino –dije cogiendo mis papeles y poniéndome a leer.

Atiende, Aladino.

Como la mayoría de las comunidades cuya lengua, por decirlo con las palabras de un poema, «jamás pisó los jardines de la Corte ni los mármoles de los edificios del Gobierno», el País Vasco fue reconocido por primera vez, como país y como vasco, gracias a la teoría difundida por los románticos alemanes. De no haber sido por Herder, Schiller, Grimm y otros pensadores del movimiento romántico, de no haber ellos descubierto y ensalzado el Pueblo –*Volk*– y el espíritu que ese pueblo poseía –*Volksgeist*– y que tan bien se transparentaba en los cuentos y canciones tradicionales, las pequeñas comunidades o lenguas jamás habrían alcanzado un reconocimiento.

No habrían alcanzado un reconocimiento, es decir, que hoy en día no existirían, que se habrían disuelto en otras comunidades o lenguas como el agua en el agua. Porque, naturalmente, el reconocimiento es fundamental: sin un espejo, sin un Otro que nos devuelva la imagen y la voz, sin un interlocutor que, en definitiva, nos deje un espacio en el que movernos, la vida es imposible. Recuerdo al efecto un cuento del escritor argentino Eduardo Mallea: contaba el caso de un hombre al que todo el mundo deja de escuchar. Primero es el camarero del restaurante, luego el interventor del tren; más tarde, su vecino; al final, ni siquiera sus amigos más íntimos reparan en él. En un momento de la narración, el personaje piensa que «ha perdido su caja de resonancia», y que su muerte no puede estar lejos. Y, efectivamente, no lo está, y es dramática.

Un escritor de aforismos expresó la misma idea de otra manera. Dijo que no ser reconocido es como ser una moneda sin curso legal. La moneda no sirve para nada y desaparece. Las piezas que sobreviven lo hacen a modo de curiosidad, como objetos de coleccionista.

Sin embargo, con los vascos y con otros muchos no sucedió exactamente como con las monedas fuera de curso o el hombre que perdió su caja de resonancia. Como ya he dicho, los románticos alemanes abrieron con su teoría las puertas del reconocimiento, de la valoración, de la autoestima, y pronto surgieron entre nosotros los herederos de los Herder, Grimm y Schiller. Sí, nosotros los vascos también éramos Pueblo, y nuestro espíritu, que se expresaba en una lengua anterior y muy diferente del latín, era de los más originales de Europa. De ahí salió todo el movimiento, lo mismo el político que el cultural.

En cualquier caso, esa forma de salir al mundo entrañaba bastantes malentendidos y, sobre todo, una pésima garantía para el futuro; era, como dice un refrán castellano, «pan para hoy y hambre para mañana». El problema era que el Pueblo de los románticos alemanes no se correspondía con el concepto de Pueblo que se aplicaba a comunidades pequeñas como la vasca. En Alemania, *Volk* era sólo una parte de la sociedad alemana, aquella que vivía dedicada a la agricultura y que –en el polo opuesto a la casta intelectual de las ciudades– era, supuestamente, sencilla, inculta y ágrafa. Es decir, que los románticos no alteraban en nada el estereotipo que la ciudad suele tener del campo y de lo rural; para ellos, el burro seguía siendo burro. Sólo que ahora era poseedor de una sabiduría y de una poesía antiguas que le permitían tocar la flauta por casualidad. ¿Y en el País Vasco? En nuestro caso, la asociación iba mucho más allá: toda la comunidad era *Volk*; Pueblo Vasco y *pueblo-sencillo-inculto-ágrafo* se convertían en sinónimos.

Recuerdo, a este respecto, lo que sentí una vez, siendo estudiante de filosofía en Barcelona, cuando entré en la biblioteca de la universidad y me detuve ante la vitrina donde se exhibían las obras completas de T. W. Adorno. Calculé que las páginas escritas por el filósofo alemán superaban en número a las que se habían escrito en euskera desde la época de la guerra civil, y sentí una especie de vértigo, la impresión de pertenecer efectivamente a un *pueblo-sencillo-inculto-ágrafo* y estar metido, por biografía y por voluntad, en un proyecto insignificante y marginal. Pero me rehice enseguida: decidí, allí mismo, sin moverme de donde las vitrinas, que el proyecto de los Lizardi, Lauaxeta, Aresti, Mitxelena, Lete y todos los que escribieron o deseaban escribir en lengua vasca, bien podía ser marginal –cualidad que, antes o después, siempre afecta a lo que cuantitativamente es pequeño–, pero nunca, jamás, insignificante. Todo lo contrario: el proyecto significaba mucho para mucha gente, y los escritores que pertenecíamos al supuesto *sencillo, inculto y ágrafo pueblo vasco* teníamos que levantar cabeza y demostrar, en la práctica, escribiendo buenos libros, la pertinencia de nuestro proyecto y la falsedad del estereotipo.

Lo que no imaginé entonces fue la extrema dureza del estereotipo que nos había caído encima, y la fuerza con que las personas ajenas al proyecto o a la comunidad abrazaron, *desde la otra orilla,* la teoría romántica. Se sigue pensando, todavía hoy, que no existe una literatura escrita en lengua vasca, o se le endosa a la última generación el disparatado honor de haber sido pionera. También se piensa, y se escribe –yo lo he leído hasta en un libro de Gerald Brenan, el hispanista inglés–, que el euskera es una «lengua primitiva» o –cito un artículo de *Libération* del 1 de abril de 1992– que la transformación del euskera en *langue d'usage moderne* es improbable.

Claro que, en realidad no es Brenan, ni son los reseñistas, los que hacen esas afirmaciones sin sentido: es el estereotipo el que habla a través de ellos; es el viejo demonio, la vieja sinonimia que pesa sobre los vascos desde el momento mismo en que fuimos *vistos,* tenidos en cuenta, reconocidos.

Sé que, en una u otra medida, todos estamos poseídos por el estereotipo. Es tan general, son tantas sus formas, que casi parece obligado aceptar el hecho de que la mente se ve obligada a ahorrar energías y que, incapaz de pensar en todo, necesita un relleno de ideas muertas. Sin embargo, no deberíamos pasar por alto su malignidad: se trata siempre de una generalización agresiva, de carácter denigratorio, y su violencia se agudiza en las situaciones conflictivas. Obsérvese, en ese sentido, cómo se está utilizando a finales de los noventa, en sus múltiples y más negativas variaciones, lo de *sencillo, inculto y ágrafo*; en qué se convierte una idea tonta en manos de gente cuyo odio hacia una buena parte de las manifestaciones de la vida vasca sólo se puede calificar de *neofalangista*.

Desde su asiento en el diccionario de Azkue, el diminuto Aladino me interrumpió con un gesto. ¿No podía ser más concreto? ¿No podía darle una explicación, siquiera fuera somera, de lo que había ocurrido en la literatura en lengua vasca? Por otra parte, y ya que en literatura obras eran amores, ¿por qué no mostrarle algunos ejemplos?

Entendía perfectamente lo que me decía Aladino, pero sin oír su voz. Lo único que oía, aquella mañana de verano, en mi pueblo verde y gris, era el sonido de la lluvia, del agua que –plis plas, plis plas, plas plas– caía del tejado de mi casa al empedrado de la calle.

Me vi de pronto haciendo algo ajeno a mi voluntad. Había agarrado las hojas que acababa de leer y estaba construyendo un barco de papel. Un segundo más y ya estaba hecho el barco, ya estaba el diminuto Aladino sentado a popa.

–Vamos a navegar un poco –me dijo. Su voz volvía a sonar con fuerza.

–¿Por dónde? –le pregunté.

–Por el riachuelo de la literatura vasca –me respondió Aladino.

Iba a preguntarle cómo íbamos a hacer la travesía cuando me di cuenta de que ya no estábamos en la sala de mi casa, sino en plena calle, bajo la lluvia. Y lo más extraño era que me había convertido en un sujeto tan diminuto como el propio Aladino, y estaba sentado en la proa del barco de papel.

–¿Te refieres a este riachuelo? –le pregunté señalándole el agua que corría junto a la acera.

–Efectivamente –dijo Aladino con cierta impaciencia.

–¿Estás seguro de que se trata del riachuelo que queremos? ¿Crees que encontraremos en sus orillas algún texto de la literatura vasca?

–¡Partamos de una vez! –chilló Aladino.

–Tus deseos son órdenes para mí.

Aprovechando que la corriente era en aquel punto muy viva, enfilé nuestro barco de papel y –plis plas, plis plas, plas plas– alcanzamos rápidamente una zona en la que el riachuelo parecía adoptar la forma de un alfabeto.

–¿Dónde estamos, si se puede saber? –preguntó Aladino. Oyéndole, parecía que nuestra navegación había sido larguísima.

–Estáis en la C –dijo una voz–. Yo soy la C de la primera canción de la literatura vasca. No la primera canción que se cantó, pero sí la primera que se escribió y publicó. Diciéndolo con más concreción, soy un contrapás, cuyo tema, curiosamente, es la propia lengua vasca.

Inmediatamente sonó una música, y con la música, un poema:

KONTRAPAS

Heuskera,
ialgi adi kanpora.

Garaziko herria
benedika dadila,

heuskerari eman dio
behar duien thornuia.
Heuskera,
iagi aldi plazara.

Berze jendek uste zuten
ezin skriba zaiteien;
orai dute phorogatu
enganatu zirela.
Heuskera,
ialgi adi mundura.

Oraidano egon bahiz
inprimitu bagerik,
hi engoitik ebiliren
mundu guzietarik.
*Heuskera**.

Terminó la canción y el sonido del agua –plis plas, plis plas, plas plas– se hizo sentir de nuevo. Realmente, llovía mucho.

–¿Quién fue el autor de la canción? –preguntó Aladino desde la popa del barco.

* CONTRAPÁS: ¡Lengua vasca, sal a la calle! Sea bendito el país de Cize, que ha dado a la lengua vasca el rango que le corresponde. ¡Lengua vasca, sal a la plaza!

Otras gentes pensaban que no era posible escribir en esta lengua. Ahora han comprobado que estaban equivocados. ¡Lengua vasca, sal al mundo!

Si hasta ahora has permanecido sin ser impresa, desde ahora vas a marchar por el mundo. ¡Lengua vasca!

–La C nunca os lo dirá. Más vale que me preguntéis a mí –nos advirtió entonces una voz que provenía de una curva del riachuelo muy parecida a la D.

–No es que sea muy parecida a la D. Es que soy la mismísima D –puntualizó la curva, es decir, la D, adivinando nuestros pensamientos–. Y por eso puedo hablaros de Dechepare, que es como se llamaba el autor de la canción –continuó la nueva letra con aire doctoral–. Se sabe que su nombre completo era Bertrand Dechepare, y que vivió en la Baja Navarra durante el siglo XVI. Ha pasado a la historia por haber escrito y publicado un libro titulado *Linguae Vasconum Primitiae*, el primero de la literatura vasca. Pese a su título latino, el libro estaba compuesto por unos veinte poemas escritos en euskera, poemas que, en su mayoría, trataban temas de amor o de religión. Los dos últimos del libro, el *Kontrapas* que habéis oído y otro que también está dedicado a la lengua, son probablemente los más modernos, escritos como están en la euforia que produjo el nacimiento de la imprenta. De todos modos –añadió la D–, los deseos de Dechepare no se cumplieron. La lengua vasca no saldría al mundo. Tanto Dechepare como Leizarraga, autor de una traducción del Nuevo Testamento publicada en 1571, fueron de esas golondrinas que no hacen verano. La derrota que la Reforma protestante sufrió en el País Vasco hizo inútil la traducción de Leizarraga. En cuanto a Dechepare, había razones que desaconsejaban la difusión de sus poemas.

–¿Qué razones? –preguntó Aladino desde popa.

–Como buena D, soy discreta. Preferiría no decir nada.

–Se refiere a que alguno de sus poemas es erótico –interviene entonces una letra con aspecto de estudiante que enseguida identificamos con la E–. Pero yo creo que las razones fueron económicas y políticas. El euskera era ya una lengua minoritaria en el siglo XVI, y quedaba fuera de juego tanto en los negocios como en los asuntos de la corte. Sea como fuere –continúa la E con más aspecto de estudiante que nunca–, lo que me parece curioso es que la preocupación por la lengua esté en la literatura vasca desde el principio, porque la verdad es que desde entonces hasta hoy, lo digo con la autoridad que me da el ser la E, casi todos los autores vascos han escrito acerca del euskera. El mismo Axular participa de esa actitud. Véase, si no, el prólogo de su gran obra.

La E tenía en mente *Gero* («Después»), un libro ascético que el citado Axular, el llamado *padre de las letras vascas*, publicó en 1643, casi cien años más tarde de *Linguae Vasconum Primitiae.*

–¿Podemos leer lo que Axular dice en ese prólogo? –preguntó Aladino a la E.

–No tengo aquí el libro, pero si seguís a la F río abajo, pronto lo encontraréis –nos responde.

–¿A qué F te refieres?

Nada más hacer la pregunta, apareció ante nosotros la F de una flecha que, manteniéndose siempre encima del agua, comenzó a descender por el riachuelo a toda velocidad. Nuestro barco de papel tuvo que navegar muy duro para no perderla de vista; pero al final alcanzamos la orilla donde, sobre las arenas de una pequeña playa, alguien había abandonado un ejemplar de *Gero,* la obra de Axular.

Abrimos el libro por una de sus primeras páginas, y leímos estas palabras:

Parece ahora que la lengua vasca está avergonzada, que es extraña, que no se atreve a presentarse en público, que no es capaz, grande ni hábil. Porque, incluso entre sus naturales, algunos no saben cómo escribir ni cómo leer.

Es decir, que la E tenía razón, que también Axular, el gran estilista, el asceta, el maestro de muchas generaciones futuras, se preocupaba de la situación de la lengua.

–Si mi testimonio personal sirve para algo –le dije a Aladino–, tengo que confesarte que la conciencia de pertenecer a una comunidad lingüística del tamaño de Liliput ha determinado mi manera de estar en la literatura. Sin embargo, no creo que esa pertenencia tenga consecuencias literarias directas, ni positivas ni negativas. Es, sencillamente, un lugar desde el que escribir. Con sus ventajas y sus inconvenientes.

–¿Por qué fue tan importante este escritor que llamáis Axular? ¿Por qué ese título de padre de las letras vascas? –me preguntó Aladino saltando del barco de papel a las páginas del libro.

–Axular y otros escritores de su tiempo crearon un lenguaje literario, ni más ni menos. Lo que, en la práctica, significó adaptar la lengua vasca a la madre de todos los lenguajes literarios, el que utilizaban Cicerón, Séneca y demás escritores latinos.

–Explícamelo mejor –dijo Aladino.

–Cualquiera que lea la historia del lenguaje literario inglés –le respondí, saltando también yo al libro–, aprenderá que los primeros textos escritos en aquella lengua no tenían otros recursos sintácticos que el *and* y el *but*, y que así fue como se construyeron las primeras historias artúricas, ensamblando las diferentes oraciones con una u otra conjunción. Sin embargo, al poco tiempo de publicarse las primeras traducciones de la

Biblia y otros libros clásicos, el lenguaje literario –así lo afirman los historiadores– cambió completamente y se sofisticó. Comenzaron a aparecer los periodos largos, los recursos retóricos y otros artificios que hasta entonces sólo habían figurado en los textos latinos y griegos. Pues bien: eso fue lo que, en el caso del euskera, hicieron Dechepare, Axular y otros clásicos, preparar una lengua que sólo se utilizaba para hablar y adaptarla a la tan artificiosa función de escribir. Y adaptarla de la misma manera que se había hecho en otros países, introduciendo en ella los elementos retóricos y sintácticos del latín.

–Bien. Entiendo –dijo Aladino moviendo su diminuta cabeza.

–Voy a ponerte un ejemplo de cómo realizaron esta adaptación –le dije. Me sentía algo envalentonado.

–Utiliza esta pizarra –me dijo Aladino mostrándome la superficie de un guijarro.

–Había un problema con las oraciones causales –dije, cogiendo una tiza no más grande que un trocito de una barra de lápiz y escribiendo unas hiperdiminutas palabras en el guijarro–. Resulta que el sufijo causal *-lako* normalmente se coloca en euskera al final de la oración, de modo que para decir por ejemplo «porque el jueves estaré en París», en euskera sería algo así como «el jueves en París estaré porque», es decir, *ostegunean Parisen egongo naizelako.* La terminación *-lako,* la marca que indica que la oración es la razón o la causa de algo, viene al final de la oración, ergo... hasta oír ese final no se sabe que se trata de una causa, una respuesta a un «¿Por qué?».

–Entiendo –dijo Aladino mirando al guijarro, es decir, a la pizarra.

–Como es natural, para hablar no había ningún problema, porque al hablar se utilizan frases cortas, pronunciadas velozmente... Pero ¿para escribir? ¡Claro, eso era otra cosa! Ahí venían los problemas. Porque al escribir, y más en aquellos tiempos, se utilizan o se pueden utilizar frases largas, frases que pueden ser causales y ocupar tres o cuatro líneas. Claro, el lector francés, inglés o español no tenía de qué preocuparse, ya que los *parce que, because* o *porque* le informaban de que todo lo que venía después, hasta la siguiente oración, era la causa, la razón. En lengua vasca, el lector no se enteraba de ello hasta acabar la frase, y muchas veces se veía obligado a releerla. Así las cosas, ¿qué hicieron Axular y los otros clásicos? Pues decidieron crear, a partir del *per quem* del latín, un término que cumpliera la misma función de aviso que *parce que, because* o *porque*. Ese término fue la conjunción *zeren*.

–Ya –dijo Aladino.

–Y como todas las lenguas que hoy se escriben en el mundo han hecho lo mismo –continué yo–, de ello se deduce que *el lenguaje literario es único*, que sólo hay uno y es universal. De ello se deduce también que el euskera no plantea ningún problema al escritor o al traductor vascos; Brenan y todos los que aplican el estereotipo de *lengua primitiva* demuestran saber muy poco de lingüística, y aún menos de historia...

El sonido de la lluvia –plis plas, plis plas, plas plas– me sacó del ensimismamiento en que me había sumido a causa de las causales, y reparé de pronto en que Aladino, mi diminuto interlocutor, había desaparecido. Efectivamente, estaba solo en la playa de la G, con mi tiza, mi guijarro y mi libro de Axular. ¿Qué había pasado? O mejor, ¿qué podía hacer? Tras un instante de confusión, decidí volver a mi barco de papel y continuar el viaje a través de la literatura vasca, del siglo XVI al XVII, del XVII al XVIII y XIX, del XVIII y XIX al XX. Pero –segunda sorpresa– el barco de papel había corrido la misma suerte que Aladino, había desaparecido sin dejar rastro. Todavía más: la G donde me encontraba ya no era una playa con el *Gero* de Axular, sino una letra negra y peluda, de tamaño veinte veces mayor que el que yo tenía en esos momentos.

–¡Es un gato! –exclamé cuando aquella G negra y peluda empezó a moverse.

El gato dio entonces un salto, y yo me vi flotando en el aire, o mejor dicho, volando por encima de toda la historia de la literatura vasca. Atravesamos los siglos XVII, XVIII y XIX en menos tiempo del que se tarda en contarlo, y caímos, con suavidad genuinamente gatuna, en un punto que correspondía a nuestro pasado más reciente, hacia el año 1970. El paisaje era ahora algo diferente, porque el riachuelo iba tomando nuevas formas, primero la de la H y la I, luego la de la J y la K. Lo único que, por decirlo así, perduraba en su ser era el sonido –plis plas, plis plas, plas plas– de la lluvia. Sí, seguía lloviendo a todo llover.

¿Y el gato? ¿Dónde estaba el gato que me había traído hasta allí? Lo busqué con la vista, pero no lo vi. Había desaparecido, igual que Aladino y el barco. Lo dicho: lo único que perduraba en su ser era el sonido –plis plas, plis plas, plas plas– de la lluvia.

No me quedó otro remedio que seguir viaje solo, sin otra ayuda que mis propias fuerzas, y me puse a caminar por la orilla del riachuelo. Pensé así, con la ayuda que las piernas prestan siempre a la mente, que el salto del gato había sido una buena descripción de lo sucedido en la literatura vasca, porque, a pesar de que hubo libros escritos en euskera durante los siglos XVII, XVIII y XIX, a pesar de que no faltaron escritores de cierta calidad –como el culterano Oihenart– después de Dechepare, Leizarraga o Axular, ninguno de ellos fue tenido en cuenta por la generación anterior a la mía, iniciadora y gran responsable de la modernización de nuestra cultura. De hecho, los escritores de los setenta volaron –igual que el gato– sobre todos ellos y enlazaron con los antiguos, especialmente con Axular. Los saltos y los vuelos, que no son extraños en un dominio que, como la literatura, no respeta la cronología, tuvieron así su versión vasca, y una de las primeras consecuencias fue la llamada «guerra de la H».

La literatura y el periodismo de este lado de la frontera llevaban más de un siglo sin utilizar la letra H cuando la nueva generación, la de los setenta, comenzó a utilizarla. El escándalo fue enorme. Escribir con H o sin ella se convirtió en un acto con todo tipo de implicaciones, tanto culturales como políticas. Desde nuestro punto de vista, utilizar la H suponía, además de un cierto izquierdismo político, enlazar con una tradición literaria –los ya citados Axular y demás– que también la había utilizado. Por esa época, Gabriel Aresti –el poeta de ideología comunista que, junto con el lingüista Luis Mitxelena, fue cabeza visible de aquel movimiento– publicó tres libros: *Harri eta Herri*, *Harrizko Herri Hau* y *Euskal Harria*. Tres títulos, ocho palabras, seis haches.

Así pues, lo que ocurrió hacia los años setenta en el País Vasco fue una fractura, o, si se prefiere, una *iraultza*, palabra de la I que en lengua vasca significa *bouleversement* o revolución. Era una de las palabras que más se oían en los años setenta; no sólo en el País Vasco, desde luego, pero en pocos sitios con las consecuencias que tuvo entre nosotros. Tantas, que casi se podría decir que hay dos países: un primer País Vasco que murió en la guerra civil, y un segundo que nació en esos finales de los sesenta y principios de los setenta.

Todos conocemos algo de las consecuencias políticas y sociales de la fractura, de la *iraultza.* En lo que a la literatura se refiere, trajo la citada revolución de la H y el *euskera batua,* nuestro actual modelo de lengua literaria; trajo luego las primeras editoriales y el primer público, y el crecimiento de la enseñanza en euskera...; trajo, en fin, todo lo que ha permitido que, veinte o veinticinco años más tarde, tengamos un modesto pero fuerte edificio literario. Hoy se publican en euskera unos 1.000 libros al año, las ediciones son generalmente de 2.000 o 3.000 ejemplares, algunos libros llegan a los 20.000 ejemplares en uno o dos años, una buena parte de los clásicos de la literatura y del pensamiento están traducidos o a punto de traducirse…

–Muchas gracias por la información –dijo entonces una voz. Era la de Aladino, que caminaba a mi lado por la orilla del riachuelo.

–Ya sé que la verdad de la literatura no aparece en las cifras –le comenté, un tanto emocionado por su vuelta–. Pero a veces conviene dar datos. De lo contrario se dicen muchas majaderías.

–Si la verdad de la literatura no aparece en las cifras, ¿dónde? –me preguntó Aladino.

–Desde mi punto de vista, la literatura vasca será buena si los lectores de dentro y fuera del País Vasco encuentran razones para seguir leyéndonos. En nuestros libros, quiero decir.

Pasábamos en ese momento por la zona del riachuelo donde la J y la K parecían enlazarse. Mi mente hizo una asociación.

–Este lugar me recuerda un bar de Bilbao. Se llamaba igual, JK. Allí fue donde vi por primera vez al poeta Gabriel Aresti.

–Lo has citado varias veces –dijo Aladino.

–Personalmente le debo mucho, ya que publiqué mis primeros textos gracias a él. Pero si lo he citado tanto no ha sido sólo por esa razón, sino porque fue un buen poeta y un ariete contra los reaccionarios que allá por los setenta dominaban la cultura vasca.

–Me gustaría conocer algo escrito por él.

–Puedo recitarte un poema suyo.

–Soy un genio, pero un genio diminuto, y no conozco la lengua vasca.

–Te lo recitaré en castellano.

Por la orilla del riachuelo corría una ligera brisa, y todo parecía extraordinariamente tranquilo. Ni siquiera se oía el sonido –plis plas, plis plas, plas plas– de la lluvia. Hice un poco de memoria y me puse a recitar uno de los poemas de Gabriel:

A manos llenas recojo la verdad
de las cosas que están en torno mío:
La rosa
y sus cinco pétalos,
el clavel
y sus doce;
el primer oscuro rayo de sol
que aparece
en la ventana de mi cuarto
cuando me despierto todos los días,
y el hula-hoop
que tenía una chica
hoy al mediodía
en la plaza de Indauchu.
De la boca de los hombres no;

de allí no recojo la verdad.
De allí
recojo
la ofensa,
el engaño
y el insulto.

Por ello,
tapo la boca de los hombres,
les muestro las cosas,
para que así
vean
del hijo del hombre
que es posible
todavía
un poco
encontrar
un remedio
de alguna forma
para este desarreglo.

Aladino permaneció en silencio, y ambos seguimos caminando hasta que vislumbramos una sombra blanca en la orilla del riachuelo. Era nuestro barco de papel. Tras haber sido arrastrado por la corriente, se había detenido en un embarcadero en forma de L.

–¡Continuemos con el viaje! –exclamó Aladino. Parecía bastante animado.

Así lo hicimos, pero, en cuanto subimos al barco y lo sacamos del embarcadero, la corriente nos arrastró y comenzó a zarandearnos. Quise explicar a Aladino –antes de salir de la zona de la L– quiénes fueron Lizardi y Lauaxeta, dos escritores de principios de siglo que todavía hoy cuentan con lectores y seguidores, pero me sentía un poco mareado con el movimiento y no pude decir palabra. Lo intenté de nuevo al pasar por la zona de la M, pero mis explicaciones sobre el escritor Mirande –que junto al propio Aresti cambió el paisaje de la literatura vasca moderna– también quedaron truncadas por la violencia del riachuelo. Llegamos entonces a la N, y las sacudidas se hicieron insoportables.

–¿Qué le pasa a este barco? –grité.

Pero ya no había tal barco, sino un animal del tamaño de un gato pero con una piel más suave y una cola más larga.

–¡Vamos montados en una nutria! –exclamé mirando hacia Aladino. Pero el diminuto genio había vuelto a desaparecer. Yo era el único jinete.

La nutria entraba y salía de las aguas del riachuelo, y chapoteaba –plis plas, plis plas, plas plas– salpicándome de agua y de barro. Pensé que no podía seguir con aquella cabalgata, y salté con todas mis fuerzas hacia la orilla del río.

El dolor en mi rodilla me hizo despertar. Todo había sido un sueño. No había viajado con Aladino, no había recorrido ningún riachuelo. Estaba caído en el suelo, en la sala de mi casa, en mi pueblo natal, verde y gris. El reloj marcaba las siete y diez de aquella mañana de verano. Seguía lloviendo a todo llover, y los regueros que caían del canalón del tejado al empedrado de la calle sonaban –plis plas, plis plas, plas plas– como estallidos.

RED PARA ATRAPAR FANTASMAS

Soñé que estaba tejiendo una tela. Cada vez que movía la aguja, los hilos y las palabras se unían y entrecruzaban formando una amalgama que a veces era de colores vivos –morado, amarillo, verde– y otras, casi siempre, de color blanco o negro. Después de un rato, me detuve a mirar la tela y la vi grande y hermosa, adornada además con dibujos que reproducían las letras del alfabeto, y me sentí orgulloso de mi trabajo. Entonces, alguien se acercó a mí. «¿Qué es esto?», me preguntó en un tono de voz que no ocultaba su asombro. «Una red para atrapar fantasmas», le respondí. «¿Cuántos has atrapado ya?», quiso saber el visitante. «Todos éstos», dije mostrándole mi tela de colores. Pero allí no había nada. Volví a mirar. No, no había nada. Enrojecí de vergüenza, como un niño al que sus compañeros le han pillado en falta, y el empeño que puse en dar explicaciones me hizo despertar.

En la habitación no había ningún visitante. Me encontraba solo, tumbado en la cama. Al otro lado de los cristales del balcón, brillaba la luna.

De allí a unas horas, con la primera luz de la mañana, me

puse a escribir. Quería crear algo semejante a aquella tela, palabra a palabra, línea a línea, dibujo a dibujo. ¿Conseguiría atrapar algún fantasma? ¿Mejoraría mi nueva tela la del sueño? No lo podía saber, pero mi objetivo era claro: fabricar una buena red para atrapar fantasmas.

DIBUJO 1. PRIMERA PREGUNTA.

La pregunta es: ¿Cómo surgieron los fantasmas y otros personajes similares? Cierto que son muy antiguos y que ya Homero habla del *phantasma* de Patroclo; cierto también que han vivido y se han multiplicado tanto en la tradición oral como en los textos escritos, pero ¿qué factores contribuyeron a su formación? Cuando pensamos en Don Quijote, Shilock o Sherlock Holmes, recordamos que sus creadores tuvieron dos fuentes de inspiración, la tradición por una parte y su experiencia personal por otra, y que Conan Doyle, por ejemplo, perfiló su detective a partir del modelo establecido por Edgar Allan Poe –C. Auguste Dupin–, y basándose en la personalidad del doctor Joseph Bell, uno de sus profesores en la Universidad de Edimburgo. Pero ¿podría afirmarse algo parecido acerca de los fantasmas? ¿De dónde sacó Shakespeare los espectros que aparecen en *Macbeth* y otras obras suyas? ¿Cómo se le ocurrió a Cervantes el tema del capítulo del *barco encantado*? ¿De dónde proviene el protagonista de aquella novela corta de Doyle, *The Mummy*?

Naturalmente, también en estos casos existió un modelo, fuera éste de libro o perteneciente a la tradición oral. Lo que no existió fue la experiencia personal. Podían encontrarse en la calle con sujetos que se las daban de caballeros y parecían trastornados con la lectura del *Amadís de Gaula,* o con avaros como Shilock, o, en el caso de Conan Doyle, con personas que tenían la profesión o las mismas aficiones que luego tuvo Sherlock Holmes en la ficción; pero, en lo que a fantasmas se refiere, tales encuentros, sin ser del todo imposibles –la experiencia de Maupassant con su *inquilino negro* es un ejemplo de lo contrario–, resultarían rarísimos. De ahí que, al hablar de los factores que concurren en el nacimiento de estos personajes, estemos obligados a alejarnos del campo de la literatura propiamente dicha.

DIBUJO 2. LA INFLUENCIA DE LA SOLEDAD.

Al analizar el lugar que ocupó la irracionalidad en la Grecia clásica, E. R. Dods afirma que las alucinaciones eran frecuentes en los tiempos antiguos, y que, al igual que las imágenes de los sueños, solían estar en relación con los esquemas culturales de cada lugar y época. «Cuando Hesíodo nos cuenta cómo las musas le hablaron en el Helicón», escribe Dods, «no se trata de una alegoría ni de un adorno poético, sino del intento de expresar en términos literarios una experiencia real». A continuación, tras referir varias experiencias como la de Hesíodo, añade que todas tuvieron lugar en «lugares montañosos y solitarios», y que no habría que olvidar «la influencia psicológica de la soledad». En favor de su hipótesis, Dods aduce además un ejemplo de este siglo: la experiencia de Ernest Shackleton durante su expedición a la Antártida. Tal como escribió el propio explorador, él y sus compañeros veían una figura que no dejaba de seguirlos y que parecía completamente real.

La hipótesis de que los lugares desiertos y solitarios engendran fantasmas es sin duda plausible, y a los ejemplos citados por Dods podríamos añadir algunos más, empezando por aquellos *diablos del mediodía* que asaltaban a los anacoretas y siguiendo con la *serrana* devoradora de hombres que Lope de Vega hiciera famosa o con los seres que aparecen en el mar blanco de la novela *Arthur Gordon Pim* de E. A. Poe. Además, por si los ejemplos literarios no bastaran, ahí tenemos los vestigios que han quedado en la tradición popular o en la toponimia. ¿Quién no ha oído hablar del famoso fantasma Yeti, *el abominable hombre de las nieves*, o del monstruo del lago Ness o de los dragones, damas, lamias, enanos y demás seres de la mitología europea? Todos ellos habitaban en lugares de difícil acceso para el hombre o, más exactamente, en desiertos, montañas y mares que en otros tiempos, antes de que se inventara la electricidad, debían de resultar extremadamente solitarios.

Pero vayamos más allá. Preguntémonos –ahora que estamos concentrados en el origen de los fantasmas– acerca de los factores que colaboran con la soledad en la formación de este personaje. Ha llegado el momento de trazar otro dibujo en la red.

DIBUJO 3. EL MIEDO.

Las razones objetivas merecerían un capítulo aparte dentro de la *fantasmología*, y no cabe duda de que los neurólogos explicarían casos como el de Shackleton con la misma facilidad con que los geólogos explican los espejismos del desierto; pero, sin adentrarnos tanto en el cerebro, y dejando a un lado los factores que corresponderían al terreno de la patología o de las sustancias psicotrópicas, existe otro elemento creador de fantasmas que resulta decisivo: el miedo. «El que en noche oscura camina solo, aun no corriendo peligro alguno, se siente despavorido, tiene miedo, se espanta y tiembla», escribe el clásico vasco del siglo XVII Pedro de Axular. «Y el que siente miedo ve con frecuencia imágenes, sean reales o inexistentes», añadiríamos nosotros, pues es precisamente ese vínculo con la imagen lo que diferencia al miedo de otros sentimientos como la alegría o la tristeza: el alegre sentirá quizá ganas de reír, y el triste ganas de llorar, pero su capacidad de ver las cosas tal cual son no se alterará. El asustado, sin embargo, a la vez que tiembla y se amilana, ve con frecuencia una imagen inexistente, una figura fantasmal. «¡Cuánto absurdo! Éste es el cuadro que pinta nuestro miedo», exclama Lady Macbeth cuando su marido ve al espectro de Banquo sentado en la silla que él desea ocupar. Y lo mismo encontramos en los testimonios que figuran en la literatura popular. «Por lo visto, el párroco venía caminando de noche por la carretera, y una bruja se le apareció tres veces», cuenta Mikela Elizegui en un libro dedicado a su padre, el *bertsolari* Pello Errota. «La bruja se le ponía delante y allí se quedaba. El cura avivaba el paso intentando alcanzarla y sobrepasarla, pero, imposible, la bruja siempre delante. Llegó a casa aterrorizado.» Así pues, una figura que se colocaba delante, una imagen. Como también hay una imagen en el caso que relató un campesino de las tierras altas de Aragón: «Yo, siendo criote, casi me muero de susto. Era brujo un maestro que tuvimos en Santa Cruz. Venía por la noche, entraba por la ventana al cuarto donde yo dormía y se paseaba allí de una punta a otra de la habitación. Traía siempre en la mano una cachava y, cuando pasaba junto a mi cama, ¡coscorrón que me arreaba!».

Estos casos, recogidos todos ellos por el magnetófono de Antonio Zavala, no son insólitos. Todos hemos tenido, directa o indirectamente, conocimiento de vivencias similiares. «Fui a cerrar la contraventana antes de irme a dormir, y tuve la impresión de que alguien que estaba agazapado fuera quería cogérmela», nos contará el vecino que vive en uno de los márgenes del bosque. Y algo similar confesará el montañero que ha pasado la noche perdido en la montaña o el conductor que a las cuatro de la madrugada se ha detenido en el área de descanso de una autopista. Remitiéndome a mi propia experiencia, recuerdo con qué tranquilidad solía pasear, incluso de noche, por los solitarios y pedregosos valles del Languedoc-Roussillon, hasta el día en que tuve noticia de los dos siniestros crímenes que se habían cometido un año antes a menos de un kilómetro del *mas* donde vivía; crímenes que, además, habían quedado impunes. A partir de entonces, ¡cuántas imágenes extrañas veía! ¡Cuántas presencias adivinaba en la oquedad de una roca o entre las ramas de un árbol reseco!

DIBUJO 4. RUIDO, SOMBRA, OSCURIDAD Y NIEBLA.

Para que la Soledad y el Miedo puedan llevar adelante su trabajo de crear fantasmas, se necesitan unos colaboradores a los que ya nos hemos referido de forma solapada: el ruido, la sombra, la oscuridad y la niebla. «Iba montado en un asno por arriba de nuestra casa, y escuchó voces de brujas. ¡Qué risas y castañeteos allí donde ellas estaban! ¡Qué chillidos y palmadas!», cuenta Mikela Elizegui, a cuyo testimonio vuelvo a acudir, describiendo una historia protagonizada por su padre.

Pero no siempre se necesita tanto alboroto. En realidad, basta con el crujido de una pequeña rama, ya que el ruido, incluso el menor de ellos, delata casi siempre la presencia de algo o alguien que se mueve y está vivo, y nos apremia a crear imágenes, formas, figuras. Hace muchos siglos, tratando de dar con el responsable de los ruidos que se oían en el bosque, los griegos crearon un fantasma, el dios Pan, denominando *deima panikon* al miedo que éste les infundía; palabra que a la postre dio origen a los actuales *pánico, panique, panic* y demás. ¿Y el *Basajaun* del País Vasco? Sin duda, también él pertenece al linaje de Pan, al igual que los gnomos y otros muchos seres.

En lo que respecta a la sombra, la oscuridad y la niebla podríamos decir más o menos lo mismo. La sombra, por ejemplo, es de por sí una figura, y además puede tener movimiento, principal señal de vida. ¿Qué pensaremos, entonces, de eso que actúa como los vivos? Pues que se trata de Patroclo, libre ya de su parte material, o que es el alma errante de un muerto, o que es una bruja. No hay que olvidar, en este sentido, que la palabra «sombra» tiene en muchos sitios connotaciones negativas. En Vizcaya, por ejemplo, el término vasco *itzal,* «sombra», se convirtió en tabú y tomó el significado de *izugarri,* «terrible», utilizándose ahora en su lugar el de *gerizpe.*

DIBUJO 5. PARTICULARIDADES DE LOS FANTASMAS.

He terminado el dibujo anterior diciendo que las sombras se confunden a veces con Patroclo y otras con un alma errante o una bruja, y conviene ahora que nos paremos un poco en algo que resulta evidente incluso en una lista tan breve, es decir, que los fantasmas presentan rasgos diferentes según sea el conjunto de opiniones y creencias de una sociedad concreta, lo que Dods denomina *esquema cultural*. Por poner un ejemplo, el hecho de que en el sur de Europa algunos de esos fantasmas vayan vestidos con sábanas se debe sin duda a la costumbre de enterrar a los muertos envueltos en sudarios, del mismo modo que la propia existencia de los espíritus o aparecidos está directamente ligada a una religión que, como la cristiana, predica la inmortalidad del alma. Un tercer ejemplo, para acabar: ningún campesino hubiese asociado la cojera de una anciana al palo dado a un gato de no flotar en el ambiente las historias de brujas que lo mismo sirvieron a inquisidores y príncipes que a escritores de talento como Fernando de Rojas.

Los fantasmas surgen, pues, de la soledad y del miedo, y con la colaboración de ruidos y sombras, pero, al igual que los demás entes que existen o parecen existir bajo la capa del cielo, llevan las marcas del lugar que los ha visto nacer. Bastaría con que leyéramos los libros del nigeriano Amos Tutuola –*El bebedor de vino de palma* y otros– para acabar de convencernos de ello, ya que sus personajes, originarios de la selva africana, poco tienen que ver con los nuestros. Pero tampoco hace falta ir tan lejos a la hora de insistir en la cuestión. Hay ejemplos más cercanos que confirman la adscripción de los fantasmas a un tiempo y a un lugar. Así, por ejemplo, el personaje conocido como «Sacamantecas».

DIBUJO 6. EL CASO DEL PERSONAJE CONOCIDO COMO «SACAMANTECAS».

Lo sucedido con el Sacamantecas es al mismo tiempo singular y significativo. Si nos ceñimos a las crónicas de la época, se trató de un campesino, Ibáñez de Garayo, que asesinó a seis mujeres y fue ahorcado hacia el año 1860. Sin embargo, su fama se debe a la utilización que, tanto en el País Vasco como en otras zonas, se hizo de su nombre a la hora de asustar a los niños, es decir, a su transformación en un personaje similar al *Hombre del saco* o *Coco*. Pero ¿por qué se dio a ese asesino el nombre de un fantasma, de un Coco, cuya existencia era anterior?

La respuesta es tan sencilla como inesperada: el responsable de que ambos, el asesino y el hombre del saco, se identificaran, fue el tren. Todo comenzó con el cambio que, a mediados del siglo XIX, trajo el nuevo medio de transporte a una sociedad que hasta entonces se había valido de caballos y carruajes. La gente recelaba de aquella enorme máquina de hierro, tanto más cuando la veían correr a la velocidad, entonces extraordinaria, de 100 o 120 kilómetros por hora. Pronto comenzaron los rumores, explicando uno de ellos que la velocidad del tren era consecuencia directa del finísimo aceite con el que engrasaban sus ruedas; aceite que, naturalmente, sólo podía proceder de la tierna grasa de los niños. Sí, así era: los propietarios del ferrocarril contrataban a malhechores para secuestrar a niños que luego eran transportados a Manchester o Liverpool para ser fundidos en enormes calderas.

Una historia siniestra, desde luego, digna como pocas de los comienzos de la Revolución Industrial, y que demuestra, además de la particularidad o *territorialidad* de los fantasmas, la poderosa forma de trabajar del miedo. Porque el miedo, en este caso, hizo dos trabajos distintos: no sólo engendró al fantasma, sino que le dio una personalidad acorde a su categoría, la del asesino Ibáñez de Garayo.

DIBUJO 7. UN FANTASMA ESPECIAL.

También en lugares aparentemente inocentes han surgido fantasmas. No todos provienen del miedo o del deseo de contar algo de forma oral o escrita. Lo que pasó en Lourdes el siglo pasado lo demuestra claramente.

Un día de febrero de 1858, Bernadette Soubirous, una joven extremadamente pobre que apenas contaba catorce años y era incapaz de leer y escribir, se adentró en una cueva próxima a su pueblo, Lourdes, y vio algo. Algo que al principio, en su *langue d'Oc*, describió con un escueto *aquero*, y más tarde como «una cosa blanca tan pequeña como ella misma».

A pesar de lo poco que prometía aquel comienzo, surgieron enseguida voces que hablaban de una nueva aparición de la Virgen, y con tal fuerza que el jefe de la gendarmería local, «temiendo que lo que se contaba sobre la visión pudiera quizás, en un momento dado, agitar a las gentes simples y excesivamente crédulas», decidió custodiar a la joven, en especial cuando volvía a la cueva y entraba en trance. Pero ya era tarde.

Los rumores sobre las visiones de Bernadette Soubirous corrían con el viento, la joven veía «aquello» cada vez con mayor precisión. Un día habló de *uo petito damizelo*, aclarando enseguida, tras unas cuantas visitas más, que se trataba de *uo damo abillado en blan dab'uo cinturo bluo e uo roso iaoumo sus dados pé*, es decir, de «una dama vestida de blanco con un cinto azul y una rosa amarilla en cada pie». Por último, el 23 de marzo de aquel año de 1858 la dama se presentó de nuevo ante Bernadette Soubirous y le confesó que era la Virgen María, o más exactamente, la *Inmaculada Concepciou*; confesión que cuatro años más tarde adquiriría total oficialidad. «Estamos convencidos de que la Aparición es de naturaleza sobrenatural y divina», declaró el obispo de Tarbes en su *Mandamiento*.

Según ha escrito Philipe Aziz, a Lourdes acuden anualmente cerca de tres millones de creyentes, bien en busca de salud –como la gran escritora Flannery O'Connor– bien para visitar la cueva del milagro. Pero ¿qué clase de milagro fue? ¿Qué hizo que la figura que supuestamente vio aquella joven se convirtiera en la Virgen María? ¿Por qué medró tanto el fantasma de Bernadette Soubirous? Algo tuvo que ver en ello el relato oral, y también algún libro como el de Franz Werfel, que contó su versión –muy distinta a la de Zola, dicho sea de paso– de lo que había pasado en Lourdes. Pero los *artificis* que más intervinieron en la creación fueron otros: por una parte, la Iglesia Católica, que acababa de proclamar el dogma de la Inmaculada Concepción y necesitaba una imagen; por otra, Napoleón III, deseoso de tener el apoyo de la Iglesia. En otras palabras, fue el Poder quien trajo aquel nuevo fantasma al mundo.

DIBUJO 8. RUMORES Y FANTASMAS.

Al comienzo de la Segunda Guerra Mundial, cuando el ejército alemán bombardeó Dunkerque y atacó Bélgica, empezó a circular entre los belgas –lo cuenta el *lehendakari* José Antonio Aguirre en sus memorias– el rumor de que los paracaidistas nazis utilizaban, por mejor infiltrarse, sotanas de curas en lugar de uniformes, llegando la situación a tal extremo que los curas de verdad, en serio peligro de ser linchados, se vieron obligados a utilizar prendas civiles.

Podría ser un caso de fantasmas que son a la vez terribles y ridículos, pero si lo traigo ahora a colación es porque demuestra que el rumor no es siempre «la flor triste que nace en las cárceles, los cuarteles y los barcos» como escribió Ignacio Aldecoa, ni tampoco, únicamente, la «noticia vaga y no confirmada que circula entre la gente», de la que nos habla el diccionario, sino que puede cumplir, con algunos retoques *populares*, la misma función narrativa que un relato de la tradición oral o literaria. Los rumores tendrían además –para que el parecido con las historias que venimos tomando en consideración sea aún mayor– protagonistas fantasmales, tal como sucede en varios que todavía se oyen y que podríamos titular «La repartidora de Sida» y «La mujer que murió en accidente».

Según el primero de ellos, un hombre mantiene relaciones sexuales con una mujer desconocida, y al dejar la habitación ella le dirige estas palabras: «Ahora tú también lo tienes. Te lo he contagiado igual que me lo contagiaron a mí». Según el segundo, un conductor coge en su coche a una chica que está haciendo autoestop. Todo va bien hasta que, al llegar a una curva peligrosa, la chica advierte al conductor: «¡Cuidado con esa curva! ¡Ahí me maté yo!», y al punto desaparece. Y me viene ahora a la memoria, por asociación, otro rumor también de nuestra época, en el que los marcianos o los extraterrestres pasan a interpretar –con todo el derecho, en mi opinión– el papel de fantasmas. En pocas palabras, dice así: Un hombre se monta una noche en su automóvil para viajar a una ciudad española que está a cinco o seis horas de camino, y cuando apenas lleva recorridos unos cuantos kilómetros se siente de pronto tremendamente cansado y soñoliento. Algo asombrado, pues no tiene motivos para tal postración, aparca el vehículo en el arcén y se echa a dormir. Al despertar, su sorpresa es aún mayor, porque el paisaje que el sol alumbra le resulta totalmente desconocido. «Por favor, ¿dónde estoy?», pregunta a los empleados de una gasolinera próxima. «En Santiago», le contestan. «¿En Santiago de Compostela?», vuelve a preguntar. «¡En Santiago de Chile!», le dicen los empleados un poco irritados. «¡No puede ser!», exclama el conductor pasmado. Pero sí, es verdad. En la Embajada de España se lo confirman. Le explican que no es el primer caso. Que parece ser que los extraterrestres están haciendo algunas investigaciones y para ello hay veces que secuestran a alguien. «Pero por poco tiempo y sin hacer ningún mal a los secuestrados», le informa el funcionario de la embajada.

Los temas y los personajes son nuevos, pero no así el tipo de narración. Los rumores, incluidos los que han pasado a cumplir una función narrativa, están en el mundo desde siempre, y podemos encontrar su rastro en muchas partes, tanto en el ámbito de lo oral como en los libros. He hablado antes, al trazar el dibujo 6, del que tuvo como centro al personaje del Sacamantecas; puedo mencionar ahora, brevemente, otros cuantos. Por ejemplo el que está en la base del romance vasco *Brodatzen ari nintzen,* una de las muchas versiones de la historia de la mujer-fantasma «secuestrada por marineros» que luego se suicida y aparece en el mar «zarandeada por las olas», historia que bien podría relacionarse con la de Ofelia. O el que cuajó en la historia de Catalina de Erauso, la mujer-soldado, objeto de romances, relatos y novelas como la que escribió Thomas de Quincey; o el que recogió Eça de Queiroz en su novela *El mandarín,* el dilema de un hombre que tiene conocimiento, porque así se lo ha hecho saber el diablo, de que le basta con cortar un hilo en su casa de Lisboa para que un mandarín de la gran China muera y él herede todos sus bienes. ¿Qué hacer? ¿Cometer un crimen que nadie relacionará con él y hacerse rico, o seguir siendo una persona moral? Ése es el dilema. Un último ejemplo: Un hombre de pocos posibles –lo cuenta Robert Louis Stevenson en *El diablo de la botella*– compra a muy bajo precio una botella que contiene un diablo y que le puede conceder todo cuanto desee. Sin embargo, el dueño de dicha botella corre un serio peligro: si no la vende antes de morir, y por menos dinero del que pagó por ella, se condenará, e irá al infierno...

DIBUJO 9. UN POCO DE TEORÍA.

Basándose en un cuento de Isak Dinesen, Orson Welles hizo una película sobre una de esas historias que Ignacio Aldecoa llamó *patrañas* y yo *rumores,* y es desde entonces frecuente que esta clase de narraciones se publique bajo un epígrafe que copia el título de la película, *Historias inmortales.* De todos modos, llámeseles como se les llame –*consejas estereotipadas, Histo-*

rias de Radio Macuto, he ahí otros dos nombres–, lo que no hay que olvidar es que provienen de la tradición oral y que pueden aplicárseles por ello las palabras que Jakobson escribió sobre los cuentos de hadas y otras obras del folklore: «Como la lengua», afirmaba Jakobson, «la obra folklórica es extrapersonal y tiene sólo existencia potencial. No es sino un complejo de normas e impulsos determinados, un cañamazo de tradición actual que los intérpretes animan con los adornos de la creación individual, como lo hacen los generadores de habla con respecto a la lengua». Lo repito: la precisión vale también para los rumores o *historias inmortales.* Al hilo de esta consideración, podría describirse este fenómeno diciendo que los rumores llegan a hacerse historias una y mil veces repetidas, *inmortales,* merced precisamente a la labor de un cierto colectivo, pasando luego, o no, a la literatura.

Son muchos los rasgos distintivos que delatan la naturaleza popular o folklórica de estos rumores. Así, por ejemplo, su gran difusión: ni *El mandarín* ni *El diablo de la botella,* ni siquiera la historia, más insulsa, de la chica autoestopista, tienen nada que envidiar a los cuentos de hadas o de fantasmas, siendo posible encontrarlas en muchísimas lenguas y países.

Pero habría también pruebas más genuinas, como la coincidencia entre sus características y las de las historias reconocidamente folklóricas o tradicionales, ya que, al igual que ocurre con los fantasmas –que siguen pareciéndose al que describió Homero–, también en los rumores se da una cierta persistencia de las líneas narrativas. Pensemos de nuevo en el Sacamantecas: ¿Qué hay de nuevo en esa siniestra historia de niños secuestrados con objeto de conseguir su grasa? ¿No era exactamente eso lo que hacían ciertas brujas para «untar sus escobas» y hacerlas voladoras? Por otro lado, ¿no guardan cierto parecido *El mandarín* y *El diablo de la botella*? En ambos, el protagonista ha de elegir entre ganar el mundo o ganar el alma. ¿Y *Fausto*, esa historia que, según Walter Benjamin, se contaba en las barracas de las ferias mucho antes de que Goethe escribiera su obra? ¿No gira en torno al mismo eje?

DIBUJO 10. UNA OBRA DE ALBERT CAMUS.

Aunque las historias inmortales albergan generalmente un fantasma, no es ése el caso del que está en la base de la pieza teatral *El malentendido* de Albert Camus. Quiero referirme a él –haciendo un pequeño dibujo en una de las esquinas de la red– para adentrarme algo más en el tema y para analizar actitudes que se dan con frecuencia en el terreno literario. A fin de ser riguroso, me apoyaré en un artículo que escribió Francisco Ayala bajo el título de «La tragedia de las equivocaciones».

Cuenta Francisco Ayala que el argumento de *El malentendido*, del que se decía que estaba basado en una noticia periodística, despertó vivamente su curiosidad, y llegó a preguntar al escritor francés si era cierto ese origen del que también habla Meursault, el protagonista de la novela *El extranjero*. «Relataba», dice Meursault, «un suceso cuyo comienzo faltaba, pero que había debido de acontecer en Checoslovaquia. Un hombre había salido de una aldea checa para hacer fortuna. Al cabo de veinticinco años había regresado, rico, con su mujer y un niño. Su madre regentaba un hotel con su hermana en la aldea natal. Para darles una sorpresa, dejó a su mujer y a su hijo en otro alojamiento, y fue al hotel de su madre, quien no le reconoció a su entrada. Por broma, se le ocurrió la idea de tomar una habitación. Había mostrado su dinero. Durante la noche, su madre y su hermana lo asesinaron a martillazos para robarle, y arrojaron su cuerpo al río. Por la mañana vino la esposa y reveló sin darse cuenta la identidad del viajero. La madre se ahorcó. La hermana se arrojó a un pozo».

Francisco Ayala recibió la respuesta de Albert Camus en octubre de 1958. «Leí el suceso que sirvió de argumento a *Le malentendu* en un periódico, hace casi veinte años. No sabría, pues, darle la referencia exacta. Se trataba de un diario francés, publicado en África del norte. Añado que lo leí durante el verano, estación en que, como usted sabe, los periodistas suelen publicar informaciones enteramente inventadas.»

Aunque la respuesta no dejaba muchos resquicios, Ayala no se dio por satisfecho, y siguió con su curiosidad hasta el día en que, inesperadamente, encontró una valiosa referencia en una crónica escrita en 1846 por Domingo Faustino Sarmiento. A Sarmiento, que viajaba en diligencia desde Madrid hacia Andalucía, le contaron la misma historia que aparece en *El malentendido,* pero como si los hechos hubiesen sucedido en un pueblo llamado Moral. El político y escritor argentino no se sorprendió ni se alteró al escucharla. «Es falso, señores», se limitó a decir ante la compañía sentada en torno al brasero de la venta donde se habían detenido. «Ese cuento lo he oído en América hace doce años; la escena tenía lugar en la campaña de Córdoba, el mozo volvía de Buenos Aires, y lo mataron como aquí madre y hermana con el ojo del hacha.» Y a continuación, tras comentar que la repetición de la historia es prueba de su falsedad, concluye Sarmiento: «Son ciertos cuentos antiguos que corren entre los pueblos». Ayala, por su parte, añade que se trata de «estructuras dramáticas elementales, historias ejemplares tal vez relacionadas de un modo u otro con los mitos antiguos, y alojadas en la memoria colectiva para ser oralmente transmitidas, que dan pie acaso a siempre nuevas creaciones literarias...».

¿Qué más puedo decir? Tanto Sarmiento como Ayala hacen un análisis certero del argumento de ese bulo, *historia inmortal*, conseja o cuento antiguo, y sólo me queda confesar que también yo me serví de la historia a la hora de realizar un guión radiofónico tras leerla en una antología de cuentos populares italianos y oírla, al poco tiempo, de boca de una mujer campesina de la localidad vizcaína de Zeanuri. En cualquier caso, el objetivo de este dibujo no era sólo abundar en el fenómeno de las historias inmortales; pretendía asimismo poner un ejemplo de las actitudes que se dan en el terreno literario. En ese sentido, la pregunta que se nos plantea es la siguiente: ¿Por qué se ciñó Albert Camus a la versión de la «noticia veraniega»? ¿Por qué no mencionó la tradición oral? ¿Por desconocimiento? Puede ser. No obstante, cualquier otra explicación resultaría más plausible. La que voy a exponer a continuación, por ejemplo.

DIBUJO 11. UNA PREGUNTA MÁS.

Desde que el concepto de originalidad cobró fuerza y el plagio pasó a ser condenable desde el punto de vista moral y legal, un cierto malestar se extendió entre la comunidad literaria. Goethe podía servirse tranquilamente de una narración que era *vox populi* para escribir su gran *Fausto*, pero tal despreocupación quedaba lejos de los escritores de finales del siglo XIX, y aún más de los del siglo XX. Las acusaciones de plagio comenzaron a ser dañinas para el prestigio social y literario, y los autores procuraron silenciar el préstamo –tal como hizo Camus, en mi opinión– o situarlo, si no, al abrigo de una teoría permisiva, según los modos de Borges, Calvino y otros autores que todavía hoy practican la metaliteratura.

Me pregunto ahora: ¿Están todos los autores igual de preocupados? ¿El asunto de la originalidad y del plagio afecta a todos por igual? A mí me parece que no hay tal igualdad, y que afecta más a los escritores de literatura fantástica. ¿Por qué razón? Pues por lo que trataré de explicar en el dibujo siguiente.

DIBUJO 12. LIMITACIONES FANTÁSTICAS.

Observada desde cierta distancia, ateniéndonos sólo a sus resultados y no a los orígenes de sus personajes o de las historias que la pueblan, la literatura fantástica se nos muestra estrechamente vinculada a lo Imposible y su superación. ¿Que no hay forma de que un objeto, por ejemplo un anillo, salga de su inanidad? ¿Que es imposible que hable, baile, provoque tormentas o sane a los enfermos? Pues llega la hora de la ficción y tal anillo aparece de pronto dotado de poderes, capaz de hablar, bailar, sanar o provocar tormentas, pregonándose de él que es *mágico*, es decir, capaz de romper la causalidad real del mundo. ¿Que el hombre no puede volar? Pues las palabras obrarán de nuevo el milagro y harán que vuele, creando así a Supermán y a docenas de individuos voladores más. ¿Que la resurrección es imposible? Pues también esa imposibilidad se vence, y ahí tenemos a los aparecidos, a los zombis o a los de la Santa Compaña.

He intentado explicar, mientras completaba los dibujos anteriores, por qué vías han surgido o cómo han sido construidos algunos de esos personajes *imposibles*, deteniéndome más en aquellos que guardan relación con la experiencia humana –con el miedo, con las ganas de saber– que en los que son meros recursos literarios, individuos voladores y demás. De lo que no he hablado hasta ahora –y por eso aprovecho este dibujo, casi final, para hacerlo– es de la limitación numérica de tales personajes o elementos narrativos.

Quizás puedan construirse mil personajes, o diez mil, a partir de la *imposibilidad-hecha-posible*, pero su número no puede ser infinito. «¿Por qué no una gramática de la fantasía?», se preguntaba Novalis, y Gianni Rodari, atreviéndose a responder, escribió tal gramática y mostró de paso, tal como queda patente en el mismo índice del libro, que las formas de crear del «aparato para escribir cuentos fantásticos» son limitadas. Cierto que la calidad de un texto literario está más allá de esos límites y que, partiendo por ejemplo del «desarrollo de una hipótesis absurda» –una de las técnicas de Rodari– pueden crearse textos tan distintos como *Cuando los osos invadieron Sicilia* de Buzzatti, *La metamorfosis* de Kafka o una redacción de escuela; pero, a pesar de ello, aunque la cuestión de la calidad quede a salvo, ese límite de la literatura fantástica coloca al autor ante un grave peligro. A poco que se descuide, elegirá un personaje o un argumento que se ha repetido mil veces en la tradición, y el lector –¡son tan llamativos los fantasmas, tan reconocibles!– no dudará en pedirle cuentas, acusándole quizás de plagiario.

Quizás por eso busquen, los escritores de literatura fantástica, el amparo de teorías que favorecen la intertextualidad; quizás por eso sean, también, tan proclives a las mentirijillas.

DIBUJO 13. ENCUENTRO CON ENDE.

Hace unos años tuve la suerte de coincidir con Michael Ende y oír sus opiniones mientras cenábamos o paseábamos por los alrededores de un hotel de campo. «Si el año del nacimiento de Jesús», me dijo en una de las sobremesas, «alguien hubiese depositado un denario en un banco, y la moneda hubiese permanecido en ese banco hasta nuestros días obteniendo los intereses correspondientes, su valor sería ahora tan grande como el de una bola de oro del tamaño de la tierra. En cambio, si tomáramos el jornal de un trabajador de aquella época y sumáramos a esa cantidad todos los jornales que ese trabajador habría recibido durante los dos mil años siguientes, tendría el valor de una bola de oro de cien metros de diámetro, y no más. Coloca las dos bolas juntas y tendrás ante tus ojos el símbolo de todas las injusticias del mundo».

Las ideas de Ende, próximas al socialismo utópico, desmienten la opinión, que yo mismo he defendido, de que los escritores dedicados a la literatura fantástica suelen carecer de inquietudes sociales y políticas. Para Ende, la fantasía era revolucionaria, pues cambiaba las mentes y las guiaba hacia la libertad. «¿Cómo se llevaba con Bertold Brecht?», le pregunté en nuestra última conversación. «Era muy amigo de mi padre. Pero fue muy mal maestro para mí. Nací como escritor el día en que empecé a hacer lo contrario de lo que me pedía.»

¿Quién tenía razón, Brecht o Ende? ¿Los dos? ¿Ninguno de ellos?

DIBUJO 14. EL INFIERNO SON LOS OTROS.

El escritor que se vale de fantasmas y de otros personajes fantásticos puede ser tachado de plagiario y de rehuir todo compromiso con el mundo, pero tales acusaciones resultan insignificantes al lado de otras como la de ser un «escritor para niños» o un «mensajero de las regiones donde las abuelas todavía cuentan cuentos», cuando no «un reanimador de la poesía que durante siglos han atesorado los nobles campesinos». Esas etiquetas son, evidentemente, una manifestación del clasismo con que se mira hacia determinados sectores marginados de la sociedad, y no merecerían mayor consideración si no estuvieran tan extendidas. Pero el hecho es que están extendidas, y –*l'enfer sont les autres*– los escritores que no frecuentan el naturalismo han de protegerse como pueden de ese feo peligro. Unos, como hemos dicho, adoptan una actitud intelectualizante; otros se escudan en la ironía, manejando a los personajes fantásticos con humor y descaro; los demás, el grupo en el que se incluirían Ende y Tutuola, renuncian a toda protección y cuentan sus historias de fantasmas sin ningún pudor. Pero estos últimos, a finales del siglo XX, son la excepción.

DIBUJO 15. TUTUOLA.

Consciente de estar terminando mi red para atrapar fantasmas, fui a mi biblioteca y comencé a leer *El bebedor de vino de palma* del escritor nigeriano Amos Tutuola, uno de los libros de fantasmas más poderosos de este siglo. «Era un apuesto caballero "completo"», decía al comienzo de uno de los capítulos. «Vestía las ropas más finas y costosas, todas las partes de su cuerpo estaban completas...»

Volví a asombrarme ante la historia del hombre apuesto y «completo» que, de vuelta a casa, comenzó a quitarse los miembros de su cuerpo y a pagar, pues eran miembros alquilados, el dinero de la renta; primero la pierna izquierda, luego la derecha, más tarde el estómago, las costillas, el pecho... hasta que, en un momento dado, al caballero antes completo sólo le quedó la cabeza, llegando entonces al «lugar donde había alquilado la piel y la carne que le cubrían la cabeza. Las devolvió y pagó al dueño, y así fue como el caballero completo del mercado quedó reducido a un cráneo». Seguí leyendo, pero no puedo referir todo lo que leí. Primero, porque no debo; segundo, porque mi objetivo, dedicar el dibujo 15 a Tutuola, está cumplido.

Al llegar a este punto vi que mi red para atrapar fantasmas ya estaba casi mediada, y decidí irme a la cama y descansar unas horas. Nada más dormirme, empecé a soñar, igual que antes de ponerme a escribir. Pero esta vez el sueño no fue agradable. Como aquel hombre «completo» y apuesto del relato de Tutuola, el trozo de tela que acababa de tejer, hermoso y grande, adornado de hilos blancos y negros, y también de otros morados, verdes y amarillos, comenzó a desmembrarse, perdiendo primero un lado, luego otro, luego la parte central; pronto parecía un andrajo. Entonces, alguien se acercó a mí: «¿Qué es esto?», me preguntó. «Una red para atrapar fantasmas. O mejor dicho, su mitad», respondí. «No creo que puedas atrapar muchos», me dijo el visitante antes de desaparecer. Y tenía razón. La tela se desintegraba por momentos. Era, en verdad, muy poca cosa.

Me desperté de golpe y me fui corriendo hasta mi mesa de trabajo. Al contemplar lo que había escrito, vi que en aquellas hojas no había más que un montón de letras confusas. Era, en verdad, muy poca cosa.

LECCIONCILLA SOBRE EL PLAGIO O ALFABETO QUE ACABA EN P

...siendo la A y la B las dos primeras letras de esta Anécdota Biográfica.

Estaba terminando de escribir un libro de cuentos, que luego se publicaría con el título de *Obabakoak*, cuando me vino a la memoria una idea que tiempo atrás se me había ocurrido durante una entrevista radiofónica.

–En su opinión, ¿qué habría que hacer para fortalecer la literatura vasca? ¿Aumentar el número de traducciones, quizás? –me dijo el entrevistador al final del programa.

La pregunta era de las que a un escritor vasco se le plantean a todas horas y en todas partes, y aburrido, ya entonces, de esas historias, aburrido de tener que moverme siempre en la *estereotiposfera*, se me fueron las ganas de responder como era debido y salí del paso con una humorada:

–En absoluto. La traducción puede servir de ayuda, pero nada más. El camino principal para fortalecer la literatura vasca debe ser el plagio. Nos vamos para arriba plagiando, o no vamos a ningún sitio.

Como habitualmente sucede en este tipo de encuentros, el

entrevistador no recogió el hilo de la respuesta, y yo mismo acabé olvidándola. Había otras cosas en que pensar, otros asuntos más graves en el horizonte. Y no hubo más –ni reflexión, ni lecturas, ni práctica– hasta que, como ya he contado, un capricho de la memoria volvió a poner la cuestión sobre la mesa. Se me ocurrió que aquella broma bien podía ser la excusa para escribir un cuento, y añadir así un toque de humor al libro que estaba a punto de terminar.

No soy una persona muy prudente y reflexiva: fui corriendo a mi biblioteca y cogí el primer libro en el que se fijaron mis ojos, una selección de cuentos de Villiers de L'Isle-Adam. Lo hojeé un poco y elegí el cuento titulado «La tortura de la esperanza». Por nada en especial, sólo porque era corto y porque la historia que contaba se situaba en la Edad Media. Para lo que pretendía, esa época me venía muy bien.

«Si los hechos que se cuentan aquí los traigo al presente, nadie se dará cuenta», me dije. «¿Quién va a reconocer las reflexiones de un hereje de la Edad Media si las pongo, por ejemplo, en boca de un alpinista?»

Doce horas más tarde, el nuevo cuento estaba terminado. Los personajes eran distintos, como distintos eran los nombres de los lugares y los escenarios; todo lo demás, incluida la fábula, era prácticamente igual. Algunas frases, más de una reflexión, las había copiado palabra por palabra.

Confieso que, cometida la fechoría, me sentí estupendamente. Luego, se lo pasé todo –lo que había escrito y el texto original– a un amigo mío, profesor de literatura, para que los leyera y comparara.

La sorpresa llegó al día siguiente, cuando mi amigo se presentó en casa con el veredicto. Estaba asombrado, no lo podía creer: había leído los dos cuentos, el mío y el de Villiers de L'Isle-Adam, con toda atención, pero aun así le resultaba difícil percatarse del plagio. Salvo dos o tres detalles, a él le parecían completamente distintos.

–Te diré más –añadió–. Este cuento plagiado parece más nuevo que otros de tu libro.

Yo protesté. No se me olvidaba lo mucho que me había costado completar la mayoría de los cuentos del libro: cuántos quebraderos de cabeza, cuántas horas, cuántas redacciones habían necesitado para llegar a ser lo que eran. No me parecía justo que mi amigo los comparara tan alegremente con aquel cuento «de doce horas». ¿Cómo podía equiparar «Una grieta en la nieve helada» –así había titulado el plagio– con un cuento como «Esteban Werfell»?

Mi amigo admitió que, efectivamente, los dos cuentos no eran equiparables, y que el titulado «Esteban Werfell» era más complejo y vigoroso; pero, con todo –arqueó las cejas al decirlo–, él se mantenía en sus trece. Desde el punto de vista de la originalidad, ambos estaban al mismo nivel. Eso lo tenía muy claro.

–¿Vas a incluirlo en el libro? –me preguntó antes de marcharse a su casa.

Le respondí que sí, que seguramente lo publicaría.

–Pues ten cuidado –añadió mi amigo–. Tu juego puede levantar sospechas en torno al libro entero. Seguro que alguien te acusará de plagiario. Dirá que el libro es una sarta de plagios.

–¿Quién puede hacer eso?

–Pues alguno que se sienta molesto por la originalidad del cuento. Porque, paradójicamente, plagiar un texto resulta hoy en día bastante original.

El tiempo me ha demostrado que el temor de mi amigo no

era del todo infundado, pero en aquel momento –ya he dicho que no soy una persona del todo prudente– decidí ignorar el riesgo y meterme de lleno en el descubrimiento que acababa de hacer. Al fin y al cabo, lo importante era lo que él me había asegurado, es decir, que desde el punto de vista de la originalidad el cuento plagiado y todos los demás del libro estaban al mismo nivel. Eso quería decir que el problema no era propiamente literario, sino ético: si guardaba silencio, si no publicaba la introducción donde contaba la verdad y toda la verdad, no habría bajo el cielo ningún lector ni crítico que sospechara de mi plagio. Era seguro, segurísimo, que pasaría como un cuento más, sobre todo si retocaba y pulía algunas partes algo descaradas. Nadie, salvo mi amigo y yo mismo, sabría que «Una grieta en la nieve helada» era una falsa creación, producto de una trampa.

Al final, publiqué el cuento como si se tratara de un caso práctico del método para plagiar, confesando la fechoría. Sin embargo, las preguntas siguieron en pie. Si un plagio parecía, contra todo pronóstico, tan original, ¿qué era entonces la originalidad? ¿En qué consistía esa cualidad que tan fundamental parecía en el campo de la literatura o del arte? Y, por cierto, ¿por qué era tan fundamental? ¿A qué se debía su alto rango?

Acuciado por las preguntas, me puse a estudiar la cuestión del plagio o, dicho de otra manera, de la copia.

COPIA

Aprendí enseguida, creo que en un diccionario, que la palabra «plagio» deriva del latín *plagiare*, término que antiguamente, en tiempos del imperio romano, significaba «prender». En esa época de esclavistas se consideraba plagiaria a la persona que, sin derecho a ello, se adueñaba de hombres que pertenecían a otro amo o que eran libres y los obligaba a trabajar a su servicio. Más tarde, y a medida que en Roma emergía un mercado literario, el significado de la palabra se amplió, y se dio el nombre de *plagiarius* al que actuaba de forma similar con respecto a los libros. El tal *plagiarius* se apoderaba de lo que había escrito otro copiando la obra palabra por palabra y recitándola y vendiéndola como si fuera suya.

Obsérvese que no se trata del procedimiento que siguen aquellos que hoy en día tenemos por plagiarios. Hoy no se acusa a nadie de publicar bajo su firma un libro escrito por otra persona; se le acusa, por ejemplo en el campo de la música, de tomar de alguien un fragmento formado por siete notas seguidas, o de apoderarse del argumento de una novela, o de pintar figuras que, como ocurría con las de Elmyr d'Hori, guardan un gran parecido con las de otros artistas. Para decirlo con las palabras de un diccionario común, hoy se comete plagio cuando «se copia en lo sustancial la obra de otra persona», aunque nunca queda muy claro qué se quiere decir con eso de *sustancial.*

Pero no pongamos el carro delante de los bueyes, y detengámonos en la época de los romanos a fin de aclarar un poco más la figura del *plagiarius.* Para ello, nada mejor que ceder la palabra a un famoso poeta de la época, Marcial. Veamos qué decía, allá por el primer siglo de nuestra era, contra aquellos que pretendían plagiar sus obras:

Estás equivocado, ladrón insaciable de mis libros,
tú, que piensas poder convertirte en poeta con pagar

lo que cuesta una obra y un insignificante pliego:
no se consigue un aplauso con seis o diez monedas.
Busca poemas ignorados y trabajos sin pulir,
de esos que sólo su autor conoce y sellados los guarda
en el escritorio el padre del manuscrito virgen,
que aún no está encrespado por el frote del áspero mentón.
Cambiar de dueño no puede un libro ya conocido.
Pero si queda alguno de frente no alisada por piedra pómez,
ni preparado con sus varillas y sin estuche,
¡cómpralo! Así los tengo yo, ¡que no se entere nadie!
Quien recita cosas ajenas y desea la fama
no debe comprar un libro, sino mi silencio.

El lector puede volver a comparar su idea sobre el plagiario con la realidad que el poema deja entrever. Salta a la vista que Marcial vivió en un mundo distinto; un mundo cuya diferencia vamos a intentar precisar en la siguiente letra del alfabeto.

DIFERENCIA

De haber tenido los antiguos romanos las mismas ideas que nosotros, o, dicho de forma más concreta, de haber atribuido a los términos «autor», «plagio» y «originalidad» el mismo sentido que nosotros les atribuimos, ni Marcial, ni Plauto ni el mismo Virgilio habrían alcanzado la gloria, ya que para todos ellos, como bien repiten los historiadores de la literatura, la creación era pura *imitatio*, es decir, un trabajo –llamado literatura– que había que ejecutar siguiendo los modelos, argumentos y cánones previamente establecidos por los griegos. La imitación era el camino a seguir, y así actuó por ejemplo Virgilio al escribir el comienzo de su *Égloga I*:

¡Títiro! Tú, recostado a la sombra de esa frondosa haya, meditas pastoriles cantos al son del blando caramillo; yo abandono los confines patrios y sus dulces campos; yo huyo del suelo natal, mientras que tú, ¡oh, Títiro!, tendido a la sombra, enseñas a las selvas a resonar con el nombre de la hermosa Amarilis.

En este caso, Virgilio imita los *Idilios* del poeta griego Teócrito. Al griego pertenecen –Jasper Griffin nos lo asegura– los nombres, el ambiente e incluso la forma misma, el hexámetro, escogida por el poeta. Virgilio sólo cambia una cosa: el tono. «En la Arcadia sólo había amor y canto; ahora se ha introducido el mundo de la realidad, de la política y del sufrimiento», escribe Griffin. No es un cambio tan pequeño, me parece a mí, pero, dejando eso a un lado, se me ocurre una nueva pregunta: ¿Se atrevería un poeta actual a utilizar los nombres, el ambiente y las formas de un autor anterior? De hacerlo, tendría que cargar con la mala fama del plagiario o, en el mejor de los casos, del epígono.

Esta corriente favorable a la imitación no se circunscribe, en absoluto, a un siglo o época determinada, y lo mismo que hizo Virgilio con Homero y Teócrito hicieron los autores posteriores con el propio Virgilio y otros clásicos. Fernando de Rojas, por ejemplo –me temo que en este punto estoy plagiando a Francisco Rico–, tomó de Petrarca tanto el contenido como la forma de su introducción a *La Celestina,* e igual actitud mostró el autor de *El Lazarillo de Tormes* al echar mano de anécdotas que, como la del racimo de uvas, eran muy populares en su época. Así pues, no fueron solamente los autores antiguos quienes escribieron según las leyes de la *imitatio*, sino todos aquellos que desde el principio de la escritura hasta el siglo XVIII han merecido el nombre de escritores.

Sin embargo, despúes de Racine, Molière y demás autores neoclásicos, llegó la revolución romántica y comenzó la nueva época de la literatura. Pero no hablemos de ello en esta letra; hagámoslo en la siguiente, mientras bajamos por la doble E de la Escalera de Ejemplos.

ESCALERA DE EJEMPLOS

Resulta sin duda difícil explicar las particularidades de aquel gran movimiento romántico que nació a finales del siglo XVIII, tanto más si se tiene en cuenta su enorme difusión y su influencia en los diferentes ámbitos del saber y del arte; pero quizás me sea posible –copiando de aquí y de allá, por supuesto– dar una idea del mismo. Empezaré citando, primer peldaño de la escalera de ejemplos, un poema de Novalis:

El camino misterioso
marcha hacia el interior.
En nosotros o en ninguna parte
se encuentra la eternidad con sus mundos,
el Pasado y el Futuro.

Novalis repite en estos versos un razonamiento aparentemente socrático que también está presente en varios momentos de su obra más importante, *Enrique de Ofterdingen*, y expresa, de forma bien concisa, algo que estaba en la mente de todos los románticos de la época: la idea de que el conocimiento del mundo y el de uno mismo son quehaceres parejos; la idea de que lo importante es el interior, la subjetividad, y no el mundo exterior, el objeto que los ilustrados pretendían comprender con la sola ayuda de la Razón. Ése era el espíritu con que, por ejemplo, había que acercarse al paisaje, pues al fin y al cabo, como expresó otro notable escritor de la época, H. F. Amiel, «todo paisaje no es más que un estado de ánimo».

Esta actitud no era casual. Bajo ella *empujaba* otra de las ideas fundamentales del Romanticismo, la forma analógica de comprender el mundo. Para el romántico, el mundo es una unidad, y así es como hay que asumirlo, como tal unidad. «Todos los aspectos de la naturaleza», escribió Victor Hugo, «están relacionados entre sí a través de miles de armonías secretas. Incluso aquellos que podrían parecer más particulares o extraños lo están». Así las cosas, si el mundo era lo que un cuerpo con respecto al alma, ¿qué sentido tenía la actitud de los ilustrados, que se acercaban a la naturaleza como quien se acerca a un reloj, a una máquina? ¿Por qué no concentrarse, dentro de esa amplia red de conexiones armónicas, en los frutos más elevados de la naturaleza, la mujer y el hombre?

Toda escalera tiene su descansillo, y también ésta, hecha de ejemplos y ejemplillos, lo tiene. Se trata de la letra F, inicial del filósofo Fichte. Según Aguiar e Silva y otros estudiosos, el pensador que más influyó en los escritores románticos fue Fichte. Profesor de Hölderlin, y amigo de los hermanos Schlegel, su teoría acerca del Yo fue interpretada –erróneamente, al parecer– como un grito en favor de la individualidad.

Correcta o incorrectamente, de acuerdo o no con Fichte, quien mejor expresó ese punto de vista fue Schlegel:

En general, habría que avanzar por los caminos más particulares. Que cada cual siga el suyo, con alegría y convencido de su forma individual, porque, siendo lo más elevado que existe, los derechos de la individualidad han de ser tenidos en cuenta en la poesía como en ningún otro campo. En este sentido, no titubeo al afirmar que el valor intrínseco del hombre, su virtud principal, es la originalidad.

¿Por qué esta actitud? ¿Por qué esta apuesta por el individualismo? Según cierta crítica marxista, la causa habría que buscarla en el origen aristocrático de muchos de aquellos escritores, y en el rechazo que sentían hacia la nueva sociedad burguesa. Otras teorías, en cambio, se remiten al ejemplo dado por los artistas del Renacimiento o a las ideas de la Revolución Francesa. En cualquier caso, el hecho es que los románticos revolucionaron la Casa de la Literatura y que nada fue ya como antes.

Naturalmente, ni valiéndome del plagio más crudo podría yo hacer una lista de los cambios que tuvieron lugar en el siglo XVIII como consecuencia de la revolución de Novalis y sus compañeros; no obstante, puedo transformar esta escalera de ejemplos en otra de preguntas y respuestas, es decir, en una conversación, e ilustrar de ese modo alguno de esos cambios.

Recurramos, pues, a una conversación ficticia entre un ilustrado –neoclásico en lo que respecta al arte– y un romántico. Imaginemos además, para que el diálogo nos sea más grato, que están en un escenario, en una especie de debate público:

–El arte ha de ser un espejo –dice el ilustrado dando comienzo a la acción–. Ha de imitar a la naturaleza, y también el modo de escribir de los antiguos maestros. ¡*Imitatio*, señor, *imitatio*! ¡Ésa es la palabra!

–Está usted muy equivocado, caballero –responde el romántico–. No tiene que ser un espejo, sino una lámpara o una fuente. Quiero decir que debe sacar afuera lo que está dentro. Ya lo dijo Wordsworth, la poesía surge cuando rebosan los sentimientos poderosos. ¡*Expremere*, caballero, *expremere*! ¡Ésa es la palabra!

–Y ¿qué me dice usted de las reglas del gran Aristóteles? ¿No hemos de estarle agradecidos por haber hecho en el campo de la literatura lo que Euclides llevó a cabo en el de la geometría? Ahí tiene usted a Racine, que escribió obras hermosísimas siguiendo dichas reglas –insiste el ilustrado.

–No niego que las reglas puedan beneficiar al escritor vulgar y corriente. Pero si ese escritor es un genio, la cosa cambia –responde el romántico con toda tranquilidad–. Para el genio, las reglas pueden ser perjudiciales. Además, como dijo Diderot, es absurdo pretender reducir a tres o cuatro elementos la infinitud de recursos que pueden producir un placer estético. En cuanto a ese tal Racine, no he visto ninguna de sus obras. ¡No quiero saber nada de los escritores que trabajaron al servicio de Luis XIV!

–Como usted quiera, caballero –dice el ilustrado, un tanto alterado–. Pero su servidumbre con respecto a la novedad no me parece más llevadera que la de Racine con respecto al rey. Lo único que ustedes piden a una obra es novedad. Pero está escrito: ¡la novedad de la obra no puede ir más allá de la elaboración y ordenación de la materia!

–¿Quién dice eso? –pregunta el romántico mirando a su oponente por encima del hombro.

–¡El doctor Johnson, por si le interesa saberlo!

–Pues disculpe usted, pero a mí me parece una tontería. El

genio está por encima de la razón, y no puede someterse a unos modelos o argumentos determinados. Lo saca todo de lo más profundo de sí mismo.

–¿Todo? ¿No toma nada de otros autores? ¿Ni un fragmento? ¿Ni una línea?

–¿De otros autores? En absoluto. ¡El escritor romántico no es un ladrón, no es un plagiario!

–Perdone usted, pero a mí no me parece que tomar un fragmento o una línea de otro autor sea un robo ni un plagio. Recuerde las palabras de Cervantes en su «Ordenanzas y advertencias que Apolo envía a los poetas españoles»: «Se advierte que no ha de ser tenido por ladrón el poeta que hurtare algún verso ajeno y lo encajare entre los suyos, como no sea todo el concepto y toda la copla entera, que en tal caso tan ladrón es como Caco».

–Esas ideas tal vez fueran válidas en otros tiempos –replica el romántico frunciendo la boca y con expresión de quien empieza a aburrirse–. Pero quedan muy alejadas de nuestro espíritu.

–¿Espíritu?

–Sí, espíritu. Alfred de Musset lo reflejó muy bien en un poema que escribió no hace mucho. Se lo voy a recitar, para que se entere.

El año pasado se dijo que imitaba a Byron:
tú, que me conoces, sabes bien que no es así.
Odio tanto como la muerte el estado de plagiario;
mi vaso no es grande, pero bebo de mi vaso.
No es gran cosa, lo sé, ser un hombre honrado,
pero siempre podré decir que no exhumo nada.

–¡Qué desmesura! –exclama el ilustrado.

–Pues tendría que conocer usted lo que escribió el propio Musset en la introducción a sus *Comédies et Proverbes.*

–¿Sabe usted lo que le digo? –se revuelve el ilustrado–. Que todo eso me huele muy mal. ¡Se les ve a ustedes demasiado sectarios! ¡Se han olvidado de la tradición!

–¿Olvidados de la tradición, nosotros? ¡Ni muchísimo menos! ¡Sólo estamos en contra de aquello que corta las alas al genio!

GÉNIE

A raíz de la revolución romántica hubo una recomposición social, y la figura del artista o del poeta fue creciendo en importancia. ¿Acaso no eran ellos, desde la época del Renacimiento, los profetas y príncipes de la subjetividad?

Lo que no quedaba claro era la cuestión del mérito, qué don o qué cualidad poseía el poeta o el artista para ser merecedor de tan alto rango, para poder habitar a la vez en la Casa de la Belleza y en la del Saber. Schlegel afirmaba que se trataba de la originalidad, del poder de crear cosas nuevas; de forma más rotunda, Diderot apelaba a la genialidad.

Escribe el filósofo francés:

Hay en los hombres de genio, poetas, filósofos, pintores, músicos, cierta cualidad de alma particular, secreta, indefinible, sin la cual no se ejecuta nada grande ni bello. ¿Es la imaginación? No. Yo he conocido imaginaciones bellas y fuertes que prometían mucho y que poco o nada cumplían. ¿Es el juicio? No. No hay nada más común que los hombres dc gran juicio cuyas producciones son tan flojas, blandas y frías. ¿Es el ingenio? No. El ingenio habla de lindezas y no hace sino pequeñeces. ¿Es la efusividad, la vivacidad, el ímpetu mismo? No. Los efusivos se sobresaltan mucho para no hacer nada de valor. ¿Es la sensibilidad? No. Yo he visto a algunos cuya alma se afectaba pronta y profundamente, que no podían oír el relato elevado sin exaltarse, transportados, ebrios, locos; una narración patética, sin verter lágrimas, y que balbucían como niños, fuera hablando o escribiendo. ¿Es el gusto? No. El gusto más bien borra defectos que produce bellezas; es un don que se adquiere en mayor o menor grado, no es un resorte de la naturaleza. ¿Es una cierta conformación de la cabeza y de las vísceras, como una cierta constitución de los humores? De acuerdo, pero bajo la condición de que se admita que ni yo ni nadie tiene noción precisa de eso y que se le añada espíritu observador (...). El espíritu observador del que yo hablo se ejercita sin esfuerzo, sin contención: no mira, sino que ve, se instruye, se desarrolla sin estudiar; no tiene ningún fenómeno presente pero todos le han afectado, y lo que queda es una especie de sentido que los demás no tienen; es una máquina rara que dice: esto tendrá éxito, y esto tiene éxito; esto es cierto y aquello falso, y es tal como lo ha dicho, etc.

No puede afirmarse que Diderot llenara de contenido el concepto de *génie,* pues lo único que se concluye de sus palabras es que se trata de algo inescrutable y casi sobrenatural, de una especie de ente o demonio que, como luego se repetiría mil veces hablando de Shakespeare o de Miguel Ángel, actuaría a través del artista sin que éste fuera consciente de ello. Pero es que, además, era inconquistable, imposible de adquirir mediante el esfuerzo humano. Se tenía de una vez para siempre, o no se tenía. Inútil que alguien luchara por obtenerlo.

Un planteamiento así no podía sino provocar muchas preguntas, y algunas de las que se hicieron no fueron fáciles de responder. Por ejemplo: Si la genialidad era lo que decía Diderot, algo que nada tenía que ver con las cosas de este mundo, ni siquiera con la situación económica del sujeto, ¿por qué había tan pocos genios femeninos? Las mujeres constituían al menos la mitad de la población; sin embargo las poetas, pintoras o músicas que, desde Homero hasta el siglo de Diderot y sus amigos, habían sido merecedoras de tal consideración podían contarse con los dedos de una mano.

Obligado a dar una respuesta, Schlegel arguyó que la mujer albergaba dentro de sí más poesía que el hombre y que, por consiguiente, «no tenía necesidad de salir a buscarla». Así se explicaba que hubiera tan pocas mujeres entre los poetas.

No hace falta que insista. Es evidente que en la definición de *génie* había un hueco.

HUECO

Ponían tanto énfasis en la subjetividad, eran tan poderosas las ideas en favor de la individualidad, que acabaron por olvidarse de algo que se conocía desde Aristóteles, a saber, que los hombres y las mujeres eran seres sociales, y que no había individualidad que no se viera afectada positiva o negativamente por la sociedad. Por eso no acertaban a explicar lo que sucedía con las mujeres.

Sin embargo, no es eso lo extraño. Lo extraño es lo poquísimo que en el dominio de la literatura y el arte han cambiado las cosas desde Diderot y los románticos. Por mucho que se hayan difundido las teorías de Marx, por mucho que se hayan trivializado las teorías sobre el genio, la ideología que actualmente domina en la literatura o en el arte subraya siempre la individualidad, y subestima en cambio el factor colectivo, la influencia que la sociedad, presente o pasada, ejerce sobre cualquier obra. Dicho en otras palabras, la ideología que todavía hoy es dominante saca al artista de la historia y lo deja aislado, obligado a producir sin cesar cosas originales que garanticen el plus de novedad que se exige a toda mercancía. Por eso se persigue al plagiario, porque éste pone en peligro un valor que está en la misma base del sistema. Como escribió el grupo de Plagiarios de Glasgow en su primer panfleto: *The idea of plagiarism emerged at a concomitant of Romantic formulations of Genius. The paradigmatic Plagiarist is the obverse of the paradigmatic Genius.* ·

Nada me gustaría más que hablar de la Originalidad, y también de su eterno enemigo, el Plagio; pero las letras O y P todavía quedan lejos, y mejor será –con la H, la I, la J y la K– ver cuáles son las constantes de los iluminados y jactanciosos héroes de la literatura.

CONSTANTES DE LOS ILUMINADOS Y JACTANCIOSOS HÉROES DE LA LITERATURA O EL ARTE

Las constantes de los escritores o artistas endiosados que siguen al pie de la letra el modelo de Diderot y los románticos son tan numerosas que me resultaría imposible nombrarlas todas. Mencionaré únicamente las que ahora mismo me vienen a la cabeza, esperando que sirvan de muestra:

. Les gusta la palabra *artista*, y a veces hacen declaraciones como ésta: «Yo no soy escultor, porque escultor puede serlo cualquiera, hasta el que coloca tres piedras una encima de otra. Yo prefiero la palabra artista». En general, esta constante está en declive, y los pintores, escultores, escritores o músicos más serios apenas emplean el término.

. Otra palabra que les gusta: *creador*. En general la emplean para dar a entender que ellos son algo más que meros pintores, músicos o escritores. «Yo no soy sólo un escritor, yo soy un creador, al escribir estoy creando...», explican, trazando figuras en el aire, antes de quedarse completamente cortados. No saben qué es ser creador, pero, eso sí, quieren serlo cueste lo que cueste.

. Aprovechan cualquier oportunidad que se les presenta para pasar por personas especiales y extraordinarias. «La escritura es soledad, el escritor está condenado a la soledad», repiten aquí y allá, como si el resto de la gente se pasara la vida bailando por las calles. En general, hablan de su trabajo más que los carpinteros o los mecánicos, añadiendo casi siempre un par de pinceladas esotéricas. Si se les brinda la ocasión, suben al estrado y cuentan su vida ante un público entregado que les agradece la confianza y les aplaude a rabiar.

. Cuando quieren desprestigiar o rebajar a algún autor, hablan de las influencias que se perciben en su obra: «Pero no te lo tomes como una crítica», añaden gesticulando, «a mí me parece estupendo. Todos tenemos alguna influencia». Sin embargo, cuando alguien les devuelve la pelota y les hace un comentario del mismo tipo, se ponen pálidos y cambian inmediatamente de conversación.

. En ocasiones, abrazan alguna causa grande y noble, relacionada con esa mayoría social que tan poco les importa, y se convierten en poetas o pintores bandera. Si consiguen la fama, bien. Si no, quién sabe, cualquier cosa.

. En lo que respecta al plagio, tienen las ideas muy claras. Es algo innoble, y además nunca se ha creado una buena obra por esa vía.

Podría continuar con las Constantes de los Escritores Endiosados durante otro buen rato, pero resulta que lo último que he escrito me ha recordado a Lautréamont, y estoy obligado a redactar una pequeña nota. Adiós, pues, a la I, a la J y a la K. Cambiémonos a la L.

LAUTRÉAMONT

El poeta de Pau tomó de otros libros y escritores varios fragmentos de sus *Cantos de Maldoror,* y apoyó su actitud con una sentencia que se ha hecho famosa: «El plagio es necesario. El progreso lo implica». Sin embargo, nadie lo menosprecia por ello. Desde que fue rescatada por los surrealistas, la poesía de Lautréamont está considerada como un punto y aparte en la historia de la literatura.

Podríamos, ahora que ya estamos más cerca de la P y de la O, comparar la diferencia que hay entre un plagiario confeso como Lautréamont y uno de los escritores que enarbolaron la bandera de la originalidad, aquel Alfred de Musset que, según la cita que copiábamos en la letra E, declaraba que hurtar un pensamiento o una palabra *doit être considéré comme un crime en littérature.* Veamos, pues, los datos que nos proporciona el *Dic-*

tionnaire des plagiaires de Roland de Chaudenay, que es el libro que a estas alturas del alfabeto estoy plagiando con denuedo.

MUSSET

En primer lugar, y si nos atenemos a lo que afirma Roland de Chaudenay, Musset copió a su amiga, la escritora George Sand. Compárense los dos ejemplos siguientes:

Ton coeur, ne le tue pas (...), afin qu'un jour tu puisses regarder en arrière et dire comme moi: *J'ai souffert souvent, je me suis trompé quelquefois, mais j'ai aimé. C'est moi qui ai vécu, et non pas un être factice, créé par mon orgueil et mon ennui.*

(Fragmento de una carta escrita por G. Sand a Musset.)

On est souvent trompé en amour, souvent blessé et souvent malheureux; mais on aime, et quand on est sur le bord de sa tombe, on se retourne pour regarder en arrière, et on se dit: *J'ai souffert souvent, je me suis trompé quelquefois, mais j'ai aimé. C'est moi qui ai vécu, et non pas un être factice, créé par mon orgueil et mon ennui.*

(Fragmento de una pieza teatral de Musset.)

Podría quizá justificarse un pequeño robo entre amigos, pero ¿cómo justificar que copiara además a Bandello, Couvray, Boccaccio y a otros varios? ¿Cómo se explica la distancia entre su teoría y su práctica? ¿Por qué hablaba con tanta vehemencia y dureza contra los que hurtaban *un mot*? Lo hacía por echar anclas en el modelo de escritor que más le satisfacía, y por conservar su posición social; no, en absoluto, por defender una práctica que, al cabo, era muy similar a la de Lautréamont.

Pasemos ahora, haciendo un sándwich y dejando a Musset entre dos honrados plagiarios, a la letra N del escritor Nodier.

CHARLES NODIER

Según afirma Roland de Chaudenay, este escritor nacido en 1780 se especializó en el estudio y uso de todas y cada una de las *Supercheries littéraires.* Mientras Musset y sus amigos reivindicaban la originalidad total, Nodier firmaba, después de añadir algunas pequeñas correcciones, libros que él nunca había escrito, publicándolos tal cual, como plagios puros y duros; por el contrario, dejaba sin firmar, o publicaba bajo otra firma, libros escritos por él mismo, entre los que cabe destacar uno titulado *Question de littérature légale,* obra en la que teoriza sobre la imitación, la cita, el plagio, el robo literario y otros temas similares. Y no termina ahí el poco respeto que Nodier sentía por la autoría. Maestro en proporcionar referencias falsas, escribió unas memorias apócrifas, además de unos cuantos libros de historia que se ceñían a la realidad de forma más que discutible.

Era, pues, Nodier un escritor muy poco convencional, que aún hoy sería rechazado por muchos y tendría problemas con más de una asociación de escritores; pero no actuaba como un ciego o un fanático, sino como una persona tranquila, bienhumorada e inteligente, capaz de defender su escandaloso proceder con una erudición digna del bibliotecario que efectivamente era. Véase, si no, su respuesta a quienes le acusaban de copiar a Potocki y otros autores:

Y quieren ustedes que yo, plagiario de los plagiarios de Sterne

–que fue plagiario de Swift,

–que fue plagiario de Wilkins,

–que fue plagiario de Cyrano,

–que fue plagiario de Reboul,

–que fue plagiario de Guillaume des Autels,

–que fue plagiario de Rabelais,

–que fue plagiario de Morus,

–que fue plagiario de Erasmo,

–que fue plagiario de Lucien, o de Lucius de Patras o de Apuleyo, pues no se sabe cuál de los tres fue robado por los otros dos, y yo nunca me he preocupado de saberlo... querrían ustedes, repito, ¡que yo inventase la forma y el fondo de un libro! ¡Que el cielo me ayude! Dice Condillac en alguna parte que sería más fácil crear un mundo que crear una idea. Ésa es también la opinión de Polydore, Virgilio y Bruscambille.

Comparamos a Musset con Lautréamont y Nodier, y el proceder de estos dos últimos se nos antoja más honrado y más limpio; un proceder, además, que conseguiría bastantes adhesiones en el Parnaso, ya que en parecidos términos se pronunciaron Stevenson, Baudelaire, Stendhal, Eça de Queiroz, Quincey, y también –ya en este siglo– Pla, Eliot y Borges. Stevenson, por ejemplo, respondió con el mismo buen humor que Nodier a los críticos que ponían en entredicho la originalidad de su *Isla del tesoro*:

Sin duda el loro perteneció una vez a Robinson Crusoe. Sin duda el esqueleto procede de Poe. No doy importancia a esas cosas, son naderías, detalles; y ningún hombre puede aspirar a tener un monopolio de esqueletos o a acaparar todas las aves parlanchinas. La empalizada, me dicen, proviene de Masterman Ready (...); Billy Bones, su cofre, la compañía del salón, todo el espíritu de los interiores, y buena parte de los detalles materiales de mis primeros capítulos, todo estaba ahí, todo era propiedad de Washington Irving. Pero yo no tenía idea de ello mientras escribía sentado junto al fuego (...), me parecía tan original como el pecado; parecía tan mío como mi ojo derecho.

Creo que reflexiones como ésta podrían ir en el epílogo de cualquier libro, pues tienen valor universal. Naturalmente, la mayoría de las veces no podremos encontrar el cuerpo del delito, el loro o el esqueleto, pero ello se deberá más a los límites de nuestra memoria o de nuestras lecturas que a razones de mayor peso. Recuerdo, a este respecto, lo que solía decirme un escritor amigo mío:

–Puede que estés en lo cierto, pero está claro que algunos escritores tienen más personalidad que otros. Nabokov, por ejemplo. Nabokov tenía mejor ojo que nadie para fijarse en los detalles. Como cuando habla de ese pelo que ha quedado en la pastilla de jabón. ¿Quién se iba a dar cuenta de algo tan insignificante? Nadie, sólo Nabokov.

Quiso la fortuna que un día me topara con ese mismo detalle en un libro que estaba leyendo, y pude así rebatir a mi amigo.

–Esos escritores de tanta personalidad cumplen también la ley. Me hablaste del pelo en la pastilla de jabón, ¿verdad? Pues léete los cuentos de Chéjov, verás como encuentras el mismo detalle.

–Entonces, ¿qué hacemos? ¿Añadir a cada uno de nuestros libros un epílogo como los de Alasdair Gray?

Mi amigo tenía en mente al autor de *Lanark*, que había publicado su libro con dos índices: uno normal, que daba cuenta de las partes de la novela, y otro no tan normal, que venía a ser una lista de todos los plagios cometidos.

No respondí directamente a su pregunta, pero aproveché la ocasión para contarle mis ideas sobre el plagio y la originalidad. Ideas que ahora, a modo de resumen, voy a colocar bajo las dos últimas y contrapuestas letras de este alfabeto, O y P.

ORIGINALIDAD, PLAGIO

Según el movimiento romántico, ni el artista ni el poeta eran de este mundo, sino personajes especiales que nada tenían que ver con sus coetáneos –es decir, con la sociedad– y menos aún con el pasado –con la historia–. De ahí que estimaran que escribir o pintar no era un oficio, algo que se pudiera aprender; de ahí que consideraran que sus trabajos eran verdaderamente suyos, personales, radicalmente nuevos.

Por otra parte, tampoco la capacidad de hacer cosas nuevas –la originalidad y, en sentido amplio, la genialidad– tenía que ver con las demás ocupaciones del mundo: como dijo Diderot, a la genialidad no le afectaba ni el estudio, ni la experiencia, ni el razonamiento ni ninguna otra cosa. Era un don secreto, esotérico, de origen desconocido. Unos nacían con él y otros no, eso era todo, y los que lo poseían podían ascender a cimas que para el resto de los mortales eran inalcanzables.

Lautréamont, Nodier y muchos otros autores fueron en contra de esa actitud, y si defendieron las ventajas del plagio fue porque el robo de textos era precisamente lo más opuesto a la originalidad que proclamaban los románticos. No, no se podía admitir ese querer situarse fuera del mundo, no se podían admitir todas las falsedades que, por sus manías transcendentalistas o por pedantería, proferían los románticos sobre el proceso creativo. Al fin y al cabo, no era posible crear de la nada. La imaginación estaba muy ligada a la memoria, y toda creación se apoyaba forzosamente en creaciones anteriores.

Con todo, ni Lautréamont ni Nodier eran contrarios a la voz personal o enemigos de las innovaciones: sólo que entendían su labor de una forma distinta, con un espíritu que más adelante defenderían otros escritores, entre ellos Pla y Auden. «¿Qué ha de hacer un escritor?», le preguntaron a Josep Pla. Y él, sin pizca de romanticismo, respondió así: *continuar, prosseguir, deixar una petita aportació en el fons de sensibilitat segura, antiga i contrastada del seu nucli social.* En parecidos términos se expresó el poeta Auden: «La originalidad ya no significa una leve modificación del estilo de un antecesor inmediato; significa una capacidad para descubrir en cualquier obra, de cualquier lugar y fecha, una clave para hallar nuestra auténtica voz. Las tareas de la elección y la selección recaen sobre los hombros de cada poeta, y son tareas pesadas».

Sin embargo, por serio e inteligente que nos parezca el punto de vista de los autores que refutan las ideas más exageradas de los románticos, no puede decirse que sus planteamientos hayan enraizado en la república de la literatura o del arte. Por una parte, el lenguaje está muy contaminado, y hay palabras como *genialidad* que se introducen en nuestras conversaciones casi sin que nos demos cuenta; por otra, estamos en un dominio, el de la obra artística o literaria, donde absolutamente todo, hasta la más pequeña raya o una simple coma, está cargado de significado, no siendo difícil la impresión en ella de nuestra marca, la marca de la individualidad. Así las cosas, ¿cómo no fijarse en la paja antes que en la viga?, ¿antes en el hilo individual que en la tela de la tradición y de lo colectivo? Al fin y al cabo, todos somos hijos de la modernidad, todos somos sensibles –y yo el primero– a la novedad. Además –éste sería el tercer motivo– los autores no quieren complicaciones, y dejan de lado las verdades que no están en el ambiente social. ¿Para qué hablar de los modelos? ¿Para qué arrojar esa sombra sobre la originalidad de uno mismo? ¿Para qué jugar con asuntos como el plagio? Mejor no meneallo y hacer como que no se ve lo que resulta evidente: la poca conexión que hay entre la calidad de una obra y el débito que ésta pueda tener con la tradición.

Para acabar este resumen y el alfabeto: El sujeto que se empeña en relacionar plagio y calidad literaria sigue aún en el siglo XIX. Pero la cuestión es otra. La reflexión sobre el tema no ayuda a poner nota a una novela o a un poema; ayuda a conocer la parte social de la literatura, la manera que tiene un autor de entender su relación con la sociedad. Podemos encontrarnos, así, con un escritor que en política mantiene, al menos verbalmente, una postura progresista, pero que a la hora de juzgar su trabajo –recuérdese: *the Plagiarist is the obverse of the Genius*– se sitúa lo más lejos posible del espíritu del plagiario, es decir, en el romanticismo, en el terreno más irracional, religioso, antihistórico y aristocrático. Y al contrario: existen autores que en el campo de la política aparentemente...

Pero no, yo tampoco quiero complicaciones. No voy a meterme en líos. Lo que voy a hacer es aprovechar que el Punto entra dentro de la letra P y dar por finalizado este alfabeto, mi leccioncilla sobre el plagio.

ALFABETO SOBRE LA MONTAÑA

Un alfabeto puede ser un camino hecho de palabras, o un río, o una serpiente, y también –esto es lo que nos interesa ahora– un paseo, una travesía, una subida a la montaña. Así es: podemos partir de la A para recorrer los parajes de la B, C, D, E, F, G, H, I, J, K y L y alcanzar la alta M situada casi en el mismo centro del alfabeto. Además, por qué no, podemos hacer esa subida pensando en los montes del País Vasco y siguiendo los pasos de un caminante. Cuál sea, en concreto, la montaña que vayamos a subir, no nos importa. Podría ser el Gorbea, desde luego, pero también el Aratz, el Hernio o una de las cumbres del Urkiola. En cuanto al caminante, lo mismo: podría llamarse Andoni, o Ana, o Ainhoa. Al fin y al cabo, no necesitamos tanta concreción: nos basta con tener un itinerario –que, gracias al alfabeto, ya tenemos–, un poco de tiempo y ganas.

Vayamos, pues. Fijémonos en ese caminante que ya está en el punto de partida, la A de Abajo.

ABAJO

Antes de ponerse a andar, el caminante se coloca la mochila en la espalda y mira alrededor. Ahí cerca, en el aparcamiento que alguien ha construido arrancando tierra a una ladera, se ve el auto de la persona o personas que le han precedido en la subida, un vehículo de color plateado y líneas finísimas que entre el barro y la hierba parece fuera de lugar; tan fuera de lugar como los pinares que, a esa hora –siete y media de la mañana–, parecen trozos sueltos de moqueta negra. Por encima del coche y de los pinos, al fondo del valle, las luces de los pueblos siguen encendidas.

El caminante toma aire y luego suspira. Se quiere alejar de aquellas luces. Necesita estar solo, dejar atrás la compañía de la gente y los problemas que esa compañía suele acarrear. Sí, necesita tranquilidad, y silencio. Por eso ha decidido subir a la montaña en sábado, para evitar las aglomeraciones de las mañanas de domingo.

Vuelve la cabeza hacia las pendientes de la montaña y suspira de nuevo. Pero no se trata, esta vez, de un suspiro de preocupación, sino de alivio. Sí, es una suerte vivir en lugares como el País Vasco donde el hombre aún no lo ha ocupado todo, donde todavía hay espacios vacíos. Por un momento, recuerda su viaje a Holanda: una tierra bellísima sin duda, con pueblos deliciosos y ciudades aún más deliciosas, pero, ¡ay!, también una tierra llenísima, repleta de gente, casas y fábricas.

«¿A dónde van los holandeses cuando se quieren escapar de los problemas cotidianos? ¿Dónde descansan la cabeza?», se pregunta el caminante. Ha sido su forma de lanzar el tercer suspiro del día.

Vuelve a acomodarse la mochila, y se pone a andar. A pesar de la neblina, se adivina un cielo azul, como si el vientecillo que sopla de vez en cuando hubiera sido capaz de alejar las nubes de la víspera. ¿Y el sol? Pues sí, también el sol está por ahí, en la parte en que la neblina toma coloraciones rosas y amarillentas.

Cuando todavía no ha dado diez pasos, escucha una melodía, las notas de una canción tradicional que alguien interpreta al acordeón. ¿De dónde le llega esa melodía? El caminante se queda atento, a la espera de un poco de viento. ¿Habrá sido su imaginación? Pero no, unos pasos más y la melodía vuelve a aparecer.

Maite, yo no te olvido
y nunca, nunca te he de olvidar
aunque de mí te alejen...

El caminante pone letra a la música que está oyendo y mientras sigue andando su pensamiento vuela lejos, hacia el pasado, hacia su niñez, hacia una escena que él, ahora, puede contemplar con la misma claridad con que antes ha contemplado las luces del valle. En ella, su padre y él suben una montaña siguiendo al acordeonista que se ha colocado al frente del grupo para marcar el ritmo y hacer más agradable la ascensión.

«¿Habrán vuelto los viejos tiempos? ¿Se repite la historia?», piensa. La melodía que le trae el viento y la que sonaba en su recuerdo parecen acompasarse.

Maite, yo no te olvido

y nunca, nunca te he de olvidar
aunque de mí te alejen
leguas y leguas de tierra y mar.

La ilusión, parte de ella al menos, se desvanece enseguida, en cuanto dobla una revuelta del camino y se encuentra con un segundo aparcamiento. Junto a él hay un edificio cutre y sombrío, mitad vivienda mitad refugio, y la única duda que tiene ahora el caminante se refiere a la situación del aparato de radio. ¿Dónde suena? ¿En la tabernucha que ocupa la planta baja del edificio o en el Land Rover que tiene abierta una de las puertas? De cualquier forma, da lo mismo. La cuestión es que allí no hay una cuadrilla de jóvenes, que no hay nadie con un acordeón blanco y nacarado entre los brazos; la cuestión es que los viejos tiempos ya no volverán jamás.

«Del todo no se han perdido», piensa a continuación, colocándose a la altura de la ermita que se levanta un poco más allá del segundo aparcamiento. La construcción, de pizarra y piedra, está llena de monedas que, siguiendo una vieja costumbre, la gente ha lanzado hacia el altar. El caminante se esfuerza en contarlas: una, dos, tres, cuatro, cinco, seis, siete, ocho, nueve, diez, once...

En total, salvando las que no se pueden distinguir en la oscuridad de los rincones, cuenta treinta y nueve monedas, es decir, treinta y nueve peticiones, treinta y nueve deseos. De todos ellos, ¿cuántos llegaron a cumplirse? Sin alejarse de los barrotes de la puerta, trata de imaginar lo que hay, o mejor dicho, lo que hubo tras las monedas. ¿Qué habría pedido, por ejemplo, el que lanzó la primera de todas, la más cercana? ¿El buen fin de una relación amorosa? ¿Algo relacionado con la salud? ¿La suerte necesaria en cualquier juego de azar? Imposible saberlo. El metal de las monedas es impenetrable, y más impenetrable aún la piedra de los altares.

También él deja su moneda, aunque por nada en particular, sólo porque le gustan las viejas costumbres y los números redondos, más el cuarenta que el treinta y nueve, y luego echa a andar pendiente arriba por un camino que, por la lluvia de días anteriores, tiene charcos en bastantes de sus tramos. De vez en cuando, está a punto de resbalar y meterse en el barro hasta el tobillo, y es justo entonces cuando, sin siquiera darse cuenta, comienza a cambiar de mundo, a dejar su vida cotidiana y entrar en la montaña. Al fin y al cabo, la persona que está a punto de caer al suelo sólo puede pensar en una cosa, en la forma de librarse de esa caída. No en la cuenta del teléfono o en el colegio de los niños.

Sin embargo, la vida del valle no acaba en las calles o en las casas del propio valle, y el caminante encontrará su rastro incluso mucho después de ponerse a caminar. Primero será algo de color azul muy vivo, un objeto extraño que al acercarse se mostrará como el recipiente de plástico de un refresco vitaminado; luego, quizás, un punto rojo que al principio le hará pensar en un trozo de cuarzo, y que resultará ser, pura y vulgarmente, un paquete de tabaco; más tarde será la lata de cerveza o el prospecto publicitario. Además, durante toda esa primera parte de la ascensión, va cruzándose con gente, con parejas de jóvenes que le alcanzan por detrás y le sobrepasan o con familias que se han parado a descansar junto al camino, y todos ellos le parecen a él un recordatorio de su vida diaria, pues hablan del último programa de televisión o de lo que esa mañana han leído en los periódicos. Sí, tiene que seguir adelante, tiene que subir más para alejarse de esa desagradable A y llegar hasta alguna letra solitaria. A la B de Bosque, por ejemplo.

En una zona bastante llana de la ladera que está subiendo, uno de los lados del camino está ocupado por troncos que, según indican las marcas de ruedas que se ven en el suelo, están a la espera de un camión. Desde aquella altura, en la distancia, las diez o quince montañitas de enfrente parecen de color azul o gris; las dos colinas que le quedan justo debajo y que impiden la visión del valle, de color verde oscuro; la ladera en cuyo vértice él está sentado, de color verde claro y sobre todo rojo, porque rojos están, efectivamente, los helechales que la cubren aquí y allá. El caminante se sienta sobre uno de los troncos y se pone a comer un poco de chocolate, el dulce preferido por los montañeros.

De pronto, en uno de los helechales, distingue dos ojos negros, dos ojos negros y serios que están fijos en él, y se sobresalta. Pero pasa ese instante y se ríe de sí mismo, porque no es un enemigo terrible quien así le mira, sino una vaca aburrida que parece sentirse atraída por la escena de su desayuno. Sí, todavía está abajo, en el mundo del valle. Deberá ir más arriba si quiere ver los animales salvajes; no aquellos «lobos y pequeños tigres» que un cronista vio en el Gorbea, sino los buitres, las águilas y todos los otros pájaros que rehuyen el contacto con los hombres.

Se ha terminado el chocolate y, vigilado siempre por los dos ojos negros de la vaca, el caminante emprende la subida de la primera gran cuesta del trayecto. El esfuerzo que se ve obligado a hacer es grande, y todos los recuerdos de la vida diaria desaparecen de su mente. ¿El arreglo de la cocina? ¿La llamada de teléfono a su agente de seguros? ¿La reunión sobre el problema de la droga en el barrio? Todo eso puede esperar. Ahora, mientras jadea y avanza, todo su ser se concentra en un único objetivo: alcanzar el final de la cuesta. Sus ojos miran únicamente al suelo, por si hay una piedra o un agujero que pueda dificultar el paso; su oído sólo atiende a la marcha regular y rápida de su corazón.

Recibe su premio en cuanto llega arriba, porque allí, como si de un jardín escondido se tratara, hay una campa extensa y bellísima, uno de esos lugares que descansan y alegran al que lo contempla. La hierba es pequeña, fina y muy verde; el helecho, de un rojo intenso; los árboles –tejos– justo de la medida que el lugar requiere, como si hubieran crecido bajo la vigilancia de un jardinero. Cuando repasa la campa con su mirada, descubre los caballos: tres alazanes bajo un tejo, cuatro más junto a una gran roca redonda; un caballo negro con el cuello inclinado hacia lo que parece un charco de agua.

Aparte de los caballos, en la campa no se ve a nadie más, y el caminante cree estar por fin solo. Además, el lugar parece antiguo.

«Los antepasados que vivían en cuevas pintaron caballos, no vacas», piensa al tiempo que se pone en marcha hacia la otra parte de la campa, donde sigue el camino.

Una detonación le contradice de inmediato. No, no está tan solo, sigue en el mundo de siempre. Alguien escondido detrás de la roca redonda acaba de hacer explotar un petardo que, a juzgar por la resonancia, había colocado antes en una oquedad. El ruido ha sido tan grande que todos los caballos se han echado a correr en estampida. Uno de ellos por poco choca con él.

–¡Se puede saber qué estáis haciendo! –grita una voz de mujer al otro lado de la roca. Tres o cuatro niños responden que están jugando, nada más que jugando.

–¿Y no podéis jugar de otra manera? –insiste la mujer.

–¡No! –gritan los niños riéndose y amenazando con más petardos. La mujer llama entonces al que debe de ser su marido, pero sin obtener respuesta.

–¡No me digas que el petardo no te ha despertado! –grita la mujer. Luego, por fin, todo vuelve a quedar en silencio.

Por un momento, los pensamientos del caminante se concentran en la familia actual y en los problemas educativos; pero, desechándolos –no quiere enfadarse–, se pone a caminar a toda prisa. Hay que alejarse de la campa antes de que los niños vuelvan a sus petardos.

Sufre un poco en la siguiente subida, porque ya está un poco cansado y porque el sol aprieta fuerte, pero al final de ella ve lo que estaba deseando, la zona de la B. Sí, allí está el bosque de hayas que buscaba desde su salida de la A.

En el bosque hay otra luz, otra humedad, otra temperatura. Se sienta sobre el musgo con la espalda apoyada en uno de los árboles. Poco a poco, sus pensamientos comienzan a flotar. Para decirlo con las palabras de un poema, su corazón comienza a entrar en el bosque.

B Y C. BOSQUE Y CORAZÓN

Tú, corazón,
que eres como una casa
hecha de arcilla:
Pequeña, frágil,

de cuatro habitaciones;

Tú, que te llenas de fantasmas,
y que te asustas,
y que lloras,
cuando llega la noche;

Tú, que en la oscuridad
te haces pedazos
como una hucha
arrojada contra el suelo;

Tú, arcaico corazón,
mira alrededor,
mira hacia ese bosque
que ya reverdece;

Tú, que una vez caído
gritas palabras
en una lengua
que yo no comprendo,

Y que dices Der Tod
Ist ein Meister
Und du, Zur Linken,
Des menschen Sinn;

Que dices Helian,
Einsamen Helian,
Abens grauen

flammendes;

Tú, arcaico corazón,
entra en ese bosque:
surgió de la arcilla,
como tú.

Cuando se levanta de su asiento de musgo, el caminante se encuentra más tranquilo, más feliz, más sensible hacia ese poco de sol que consigue atravesar el follaje, y siente el deseo de seguir donde está, de volver a sentarse. Sin embargo, no puede. Ha partido de la A con el objetivo claro de llegar hasta la M de Montaña, y no debe detenerse hasta conseguirlo. Se dirige, pues, al camino y contempla de paso, junto a las raíces de un haya, una rareza, una especie de hongo –lo que llaman yesca– que lejos aún de leñificarse ha adquirido un color naranja vivo y parece un mineral precioso, o mejor, un molusco venido de otro planeta. A su lado, incluso los limacos –que en esa época del año, finales de verano, suelen segregar una gelatina azul– parecen vulgares, y lo mismo las mariposas y los pájaros.

Después de atravesar el bosque, sube por una nueva pendiente y se encuentra con un pedregal. Todavía se ve algún que otro árbol, todavía hay franjas de hierba o matorrales, pero el elemento principal es ahora la piedra, una piedra blanca y quebradiza. El caminante comienza a padecer. Su mochila pesa más que antes, el sol le quema el cuello. De pronto, ve una sombra que, de piedra en piedra, se aleja de él: es un pájaro que prefiere volver al bosque. Sigue con la vista al pájaro. Está completamente solo. En el pedregal no hay nadie.

«¿Qué zona es ésta?», se pregunta. Comprende enseguida

que ha entrado en una nueva zona del alfabeto. Ha atravesado el Bosque, le ha hablado a su Corazón, pero ahora está en el Desierto.

DESIERTO

El desierto es un lugar especial. No sólo por sus características de orden físico, también por la carga simbólica que ha ido adquiriendo a lo largo de los siglos. Como ha descrito el historiador Le Goff, ocurrió que todos los que deseaban alejarse del mundo, de la vida social, de la ciudad, elegían el desierto. Los anacoretas, los malhechores perseguidos por la justicia o los melancólicos que, tras un fracaso amoroso, buscaban la soledad huían hacia allí, y el desierto los aceptaba y los ponía a prueba: los anacoretas debían, así, luchar contra el aburrimiento, las tentaciones y los fantasmas, en tanto que los malhechores y los melancólicos debían hacer lo mismo contra los deseos de volver a la ciudad en busca de los placeres perdidos o de la amada.

Con el tiempo, después de que el mensaje de la Biblia se difundiera por toda Europa, las personas que deseaban imitar a los anacoretas comenzaron a buscar desiertos. Pero ¿a dónde ir? ¿A dónde retirarse? La solución no era tan difícil de encontrar: irían a los bosques o, más en general, a la montaña, es decir, a los lugares difíciles, tan desiertos como el propio desierto.

Lejos de perderse, la costumbre se fortaleció con cada persecución, con cada guerra. *Sermon prononcé le premier jour de l'an 1775 au désert du Bas Dauphiné*, así reza el título de un librillo que se conserva en Mialet, centro del protestantismo francés.

En el mismo lugar, un cuadro titulado *Prêche au désert* muestra a un predicador dirigiéndose a la multitud reunida *au désert,* esto es, en plena montaña.

Así las cosas, también la montaña y el bosque se convirtieron en lugares especiales, equivalentes al desierto en todo lo que tuviera que ver con lo simbólico.

¿Y en el País Vasco? Pues también aquí hubo quien buscó la montaña, bien por razones personales o bien por otras de índole social o política. Así ocurrió por ejemplo durante la dictadura que siguió a la guerra civil; así ocurre todavía hoy en el caso de los que no creen en la democracia actual y se niegan a aceptar las leyes aprobadas por el parlamento. Y por dicha razón, por una de esas historias vascas de hoy mismo, nuestro caminante, ese caminante al que hemos dejado en un pedregal, va a toparse de pronto –piedra oscura entre piedras blancas– con una estela funeraria; allí, en la parte alta de la montaña. Deteniéndose, lee la inscripción que figura en la placa: que en aquella montaña se aventaron, en febrero de 1992, las cenizas de un luchador vasco.

No desea permanecer allí, o mejor, desea alejarse de la estela funeraria. Pero, ¡ay!, su situación no es mejor que la de los anacoretas, malhechores o melancólicos. También él tendrá que pasar la prueba: después de la D de Desierto le espera la E del Enemigo, de un enemigo que contará con la ayuda de la F de los Fantasmas.

ENEMIGO, FANTASMAS

En la versión que Pasolini hizo de la tragedia, Edipo busca por todas partes al asesino de su padre, hasta que el adivino de

Tebas se dirige a él diciéndole: «Edipo, no sigas preguntando. El abismo que buscas está en ti. Tú eres el asesino de tu padre». ¿El mensaje? Desde luego, algo referente a la cercanía del enemigo. Que a la hora de buscarlo deberíamos empezar por el principio, por nosotros mismos.

Tampoco al caminante le falta su enemigo interior. Le cuesta arrinconar las ideas desagradables y aprovechar el momento, y de ahí que, mientras sube por el pedregal, su pensamiento vuelva una y otra vez a la estela que acaba de ver. Muy pronto, comienza a escuchar voces, las de los fantasmas que tiene en la cabeza.

«No habéis sido capaces de conseguir la paz», dice el primer fantasma. «Había la impresión de que, después de la dictadura, todo marcharía bien, de que todos ibais a trabajar juntos, hombro con hombro, en favor de una sociedad que mereciera ese nombre. Sin embargo, la realidad es otra. El hermano lucha contra el hermano y el conflicto se hace cada vez más violento.»

«Lo mismo hacen los cerdos cuando los ríos van crecidos o se desbordan», dice el segundo fantasma hablando con sarcasmo. «Cuanto más se les quiere apartar del agua, más esfuerzos hacen ellos para ir hacia ella y ahogarse.»

«Cuando alguien pierde una moneda durante el viaje, vuelve al punto de partida y repasa el camino recorrido metro a metro. Quizás vosotros debierais hacer lo mismo. Quizás así podríais encontrar el error cometido», dice el tercero en un tono más amigable.

«¿Te das cuenta de cuánta gente ha muerto violentamente en este país?», añade el cuarto. «Sin embargo, ¡la vida es bella!»

«¿Acaso no os acordáis de lo que dice el poema de Brecht?», pregunta el quinto. Luego se pone a recitar:

No os dejéis fascinar,
volver es imposible.
El día está al llegar,
trae un viento frío.
No habrá otro amanecer.

No os equivoquéis,
la vida no es una nadería.
Bebed de ella hasta saciaros;
no habrá sido suficiente
cuando estéis a punto de perderla.

No os dejéis consolar,
la vida no es larga.
Es lo más grande.
Perderla,
sería perderlo todo.

«Pasando a otro tema, ¿qué tal andas de salud?», interviene de pronto otro fantasma, el sexto. «¿No te parece que fumas demasiado? Yo creo que sí, porque te quedas sin respiración cada vez que subes una cuesta. Deberías ir donde el médico.»

«Hablando más en general», dice el séptimo, «tu vida parece bastante triste. Casi no tienes amigos, y estás un poco aburrido de tu familia. Además, te vas quedando sin ilusiones».

El caminante no puede acallar las voces de los fantasmas, y sigue subiendo por el pedregal con toda la fuerza de sus piernas. Por un momento, cree estar en una G como la del Gólgota, y piensa que todas las montañas tienen algo de calvario; pero, afortunadamente, pasa ese mal momento y llega a sus oídos un sonido delicioso, el de unas esquilas. Frotándose la cara, aleja definitivamente a los fantasmas, y contempla el rebaño de ovejas que le acaba de alcanzar. Han debido de llegar hasta allí solas, en busca de la poca hierba –¿más sabrosa que la de los prados?– que crece entre las piedras.

Poco a poco, va adueñándose de la realidad. Se da cuenta de que no se ha movido de sitio, de que sigue donde la estela, de que todo ha sido como un mal sueño del que, gracias a la benéfica E de las esquilas, ha podido despertar.

Se queda mirando a las ovejas –¡con qué rapidez encuentran la más escondida de las briznas!–, y luego, siguiendo las señales de pintura roja que indican la buena dirección, se pone a caminar hacia la cima. Ahora que los fantasmas ya se han esfumado, los recuerdos que le vienen a la mente son agradables. Y el más agradable de todos, el de la historia que solía contarle su padre de niño, aquella de las ovejas que no comían y cada vez estaban más flacas.

–Pero ¿qué os pasa? ¿Se puede saber por qué no coméis hierba? ¡Os estáis quedando en los huesos! –les dijo el pastor muy preocupado.

–Nosotras lo estamos deseando. Queremos comer –respondieron las ovejas–. Pero, en cuanto nos ponemos a ello, la hierba nos dice que sigamos, que más adelante la hierba es mejor. Aceptamos el consejo, y vuelve a ocurrirnos lo mismo. La hierba nos dice que la de más adelante es mejor. Total, que de tanto buscar esa hierba tan buena se nos hace de noche y no nos queda otro remedio que volver a la cabaña.

–¿Sí? ¿Eso os pasa? Os diré lo que vais a hacer. Cuando empecéis a comer y la hierba os diga que la de más adelante es mejor, vosotras le respondéis: «No importa, también ésta de aquí nos gusta». Y de seguido os ponéis a comer.

El caminante se sonríe, porque le viene al recuerdo lo que su padre comentaba después del cuento:

–Ya habrás reparado en ese sonido que continuamente sale de la boca de las ovejas cuando están en el campo. Siempre están diciendo eso de «Bee, baa». En realidad, no dicen sólo eso, sino «Bee, baa, da igual, tampoco ésta de aquí es mala».

Corre un poco de viento en esa zona alta de la montaña, y no se siente tanto el calor. Después de beber un poco de la cantimplora que lleva en la mochila, el caminante sigue subiendo con una lentitud que, más que a su cansancio, se debe a la relajación que siente tras la prueba de la soledad y del desierto. Sí, los recuerdos que ahora ocupan su memoria son agradables. Primero el cuento de su infancia; ahora, por asociación, el poema que una mujer del siglo XIX, Emily Dickinson, escribió sobre la hierba. Sin más, como quien silba, en voz baja, se pone a recitar el poema. Sí, es emocionante repetir las palabras bien escritas.

Tiene la Hierba tan poco que hacer,
una Esfera de sencillo Verde
con sólo Mariposas que criar
Y Abejas que atender.

Y balancearse todo el día con hermosas Canciones
que las Brisas acercan,
y sostener la Luz del Sol en su regazo
y ante todas las cosas inclinarse.

Y pasarse la noche enhebrando Rocíos, como Perlas,
y ponerse tan guapa
que una Duquesa fuera demasiado corriente
para una tal notoriedad.

E incluso cuando muere, irse
en Olores divinos
como Humildes especias, que se tienden,
o Nardos, marchitándose.

Y después, en Soberanos Silos habitar
y soñar con los Días ya lejanos;
¡tiene la Hierba tan poco que hacer!
¡Ojalá fuera una brizna de Heno!

El caminante sigue subiendo, y ya divisa, en lo alto de la ladera, la siguiente letra, que no es otra que la G de Gruta. Pero antes de llegar allí debe cruzar de nuevo –esta vez de verdad, y no imaginariamente– la zona de la F de los Fantasmas. No se tratará ahora de los fantasmas personales, sino de los que desde hace mucho tiempo viven en las montañas vascas. En otras palabras, los fantasmas serán sólo un tema, un motivo de entretenimiento.

LOS FANTASMAS. LA GRUTA

Todos los desiertos dan miedo. Nos asustaríamos mucho si nos quedáramos solos en un desierto de agua –es decir, en el mar–, o si nos perdiéramos entre las dunas de arena o en una nevada, y con el miedo, en cualquiera de los tres casos, llegarían los ruidos, las luces, las presencias inexistentes. Luego, a causa de ese sentimiento que engaña nuestros sentidos, comenzaríamos a crear personajes e historias.

–Una noche, estaba en la cabaña sin poder dormir y sentí los pasos de alguien que se acercaba –diría por ejemplo un anciano después de pasar varias semanas aislado por la nieve–. Pensé que se trataría de la gente que acudía a salvarme, así que agarré un farol y salí de la cabaña a toda prisa. Sin embargo, nada más cruzar el umbral de la puerta, vi una especie de gorila grande, un ser gigante cuya piel era tan blanca como la misma nieve, y todos los pelos se me pusieron de punta. Luego, el gorila dio un bramido y desapareció montaña arriba. Pasé toda la noche temblando de miedo. Al día siguiente, examiné los alrededores de la cabaña y encontré un par de huellas tremendamente grandes. La verdad, me considero afortunado al poder contarlo.

–La otra tarde, estaba pescando en el lago cuando una especie de ola chocó en una roca cercana y me mojó de arriba abajo. Miré a ver qué pasaba, pero allí no había nada, ni siquiera un barco pequeño. Además, el lago parecía una balsa. Pero, de allí a poco, volvieron a formarse olas, cada vez más altas, cada vez más veloces. Entonces, escuché un sonido parecido al que produce la ballena cuando golpea el agua con la cola, y levanté los ojos y vi un pez enorme, más grande incluso que una ballena, aunque quizás no fuera un pez sino un reptil, porque tenía el cuello y la cola muy largos. Me quedé paralizado, y no reaccioné hasta después de muchas horas.

Sí, el miedo es un gran creador, y los diálogos que he transcrito están inspirados en las historias protagonizadas por el Yeti

–*el abominable hombre de las nieves*– o el monstruo del lago Ness. Pero lo que vale para el Tíbet o las tierras altas de Escocia, vale para todo el mundo. En el País Vasco, por ejemplo –en esa montaña por la que marcha nuestro caminante, sin ir más lejos–, el miedo ha dado lugar a personajes como la Dama de Amboto, el dragón –*herensuge*– o los gentiles –*jentilak*.

«Por eso hay aquí tantas leyendas y tantos topónimos con clara referencia a ellos», piensa el caminante alcanzando lo más alto del pedregal y sentándose en el territorio de la G, frente a la Gruta. «No debía de ser fácil andar por estos lugares en la época en que no había adelantos técnicos. Al menos de noche sería terrible, y en invierno todavía peor. La gente pasaría mucho miedo.»

Por un momento, sigue con la vista una nube que pasa por el cielo. La nube le trae una idea. Piensa por un momento que no es de extrañar que la montaña sea la morada de casi todos los fantasmas del País Vasco. También la de los que han nacido en el valle. Al fin y al cabo, ¿dónde puede vivir el que no pertenece a nuestro mundo? ¿En la plaza mayor del pueblo? Podría ser, a cambio de que en esa plaza hubiera una casa abandonada, pero no es lo normal. Generalmente, los fantasmas suelen necesitar un espacio extra, y ese espacio, en el País Vasco, en toda Europa, es la montaña.

El caminante vuelve a contemplar la nube. Ahora tiene la forma de una mujer adornada con telas de oro.

–¿Será la Dama de Amboto? –exclama riéndose un poco. Luego se levanta y se interna en la cueva donde, según la tradición, vivió el *herensuge*, el dragón. Ya está en el territorio de la H.

HERENSUGE

Era un monstruo que tenía aterrorizado a todo el país, ya que, para saciar su terrible hambre, engullía diariamente una muchacha. Los pueblos de los alrededores estaban obligados a llevar a la desgraciada de turno hasta la entrada de la cueva. Pero, un día, una bruja se apiadó de la muchacha que debía ser sacrificada, y le dijo lo siguiente:

–Si quieres matar al monstruo, encuentra un huevo pequeñito y golpéale con él en la frente cinco veces. Entonces morirá.

La muchacha consiguió el huevo pequeñito y marchó hacia la cueva. Estando allí, se le acercó un joven:

–Si me das un beso, lucharé contra el dragón –le dijo. La muchacha accedió a la petición y se lo dio.

Todo salió según lo previsto. Mientras el joven forcejeaba con el monstruo, la muchacha se puso a darle golpes en la frente con el huevo pequeñito. Al quinto golpe, el monstruo murió.

ILUSIÓN, JENTILAK

El caminante está sentado ahora dentro de la cueva del dragón, pero en una zona que no es de la H, sino de la I de Ilusión. Es una zona extremadamente silenciosa en la que, sin embargo, se oye algo, un sonido tan cercano al silencio que parece su otro lado, su envés. Tras de un rato de escucha, acaba identificándolo: sí, se trata de agua, de una pequeña corriente que discurre por allí cerca, quizás por el interior de las paredes de la gruta.

–Los *jentilak* vivieron aquí –escucha entonces. Se asombra

un poco, pues no sabe que está en la zona de la Ilusión, pero acaba aceptando lo que le dicen sus sentidos. Efectivamente, es el agua quien habla–. Los *jentilak* fueron los primeros habitantes del País Vasco –dice el agua–. Eran enormes, pero todo lo que tenían de grandes lo tenían de ingenuos. Se comportaban como niños. Un cierto día, llegaron al País Vasco unos hombres pequeños, tan pequeños como tú, y decidieron hacerse los dueños. Eran muy tramposos.

»–Gentiles, escuchad –dijeron los hombres pequeños–. El más fuerte de vosotros luchará contra el más fuerte de nosotros. El ganador se convertirá en dueño del país.

»Los *jentilak* estuvieron de acuerdo, y el día de la pelea allí estaban los dos contendientes, los más fuertes de cada bando. El representante de los pequeños dio un paso adelante y dijo:

»–Será mejor que te rindas. De lo contrario te destrozaré igual que destrozo esta piedra.

»Diciendo esto, el representante de los pequeños estrujó un queso fresco entre sus manos. Pero el gentil no se dio cuenta del engaño, y respondió que se rendía.

»–Ahora haremos otra prueba. El que tire este palo más lejos, ganará –dijo el gentil.

»–¿Ves aquel rebaño de ovejas en lo alto de la montaña? –dijo el pequeño cogiendo el palo–. Pues mira lo que pasa en cuanto hago ademán de lanzarlo.

»Hizo el ademán y las ovejas, azuzadas por el pastor que las cuidaba y estaba al tanto de la artimaña, corrieron despavoridas por la ladera de la montaña.

»–¡Asombroso! –dijo el gentil–. Me rindo también esta vez. Pero quiero que hagamos una última prueba. El que más coma, aquél será el dueño de esta tierra.

»El hombre pequeño metió un odre vacío debajo de su ropa a la altura del estómago, y todo lo que no podía tragar por su boca lo metía en el odre. Cuando éste estuvo lleno, cogió un cuchillo y le hizo un gran corte.

»–¿Cómo es que te abres el vientre y no te duele? –dijo el gentil.

»–No me duele nada –dijo el pequeño.

»–Dame ese cuchillo –dijo el gentil. Y, en el intento de imitar al pequeño, se hizo una tremenda herida en la frente. Antes de morir dijo:

»–*Sortu da jende txiki perrua, akabatu da jende umanua.*

»Es decir: «Ha nacido la pequeña gente perruna, se ha acabado la gente humana».

El caminante se levanta de su asiento de piedra y da unos pasos por la cueva. Quiere despejarse, salir del sueño y librarse del agua que cuenta la historia de los *jentilak*. Con ser agradable, la ilusión puede resultar peligrosa. No, no debe perder el sentido del tiempo. No quiere convertirse en otro Virila o en otro Rip Van Winkle.

Pero el agua que corre por detrás de las paredes de la gruta sigue susurrando historias, y le invita a quedarse. Durante un rato, se debate en la duda: ¿Qué hacer? ¿Adormecerse de nuevo con aquel delicioso sonido? ¿Huir antes de que la magia del agua le atrape para siempre? Decide lo último, aprovechando además que la siguiente letra de la ascensión alfabética es la K. Sí, la K le sacará de la cueva, porque es la K de Kilómetro.

Sin embargo, sale de la gruta, camina ese kilómetro, y he ahí que de nuevo se encuentra delante de la gruta. «Pero ¿qué ha pasado?», se pregunta sorprendido.

Tarda en encontrar la explicación, pero al final comprende lo sucedido. Después de salir de la gruta por medio de la K ha entrado en la zona de la L, de la L de Laberinto. «Bien, ahora que todo está claro voy a volver a casa», piensa. Pero antes de dar el primer paso comienza a escuchar ruidos y voces. Provienen de la gruta. ¿Habrá resucitado el *herensuge*? Pero no, de la gruta sólo salen tres personas, dos hombres y una mujer. Llevan ropa impermeable de color naranja y sendas linternas en la frente. Son espeleólogos.

–Celebramos un aniversario –dice el primero de ellos, un hombre de barba blanca–. Entramos en esta cueva hace veinticinco años, con tan buena fortuna que hicimos un par de descubrimientos. Primero encontramos un tesoro, una bolsa de cuero con cinco monedas de oro...

–Así que es verdad que en las cuevas se encuentran tesoros –interviene el caminante.

–Pero lo mejor fue lo otro –añade la mujer–. Cincuenta metros más abajo de donde estaba la bolsa, había un osezno. Un osezno fosilizado. Era bellísimo.

–Y lo sigue siendo. Sólo que ahora está en las vitrinas de la Facultad de Ciencias –precisa el tercer miembro de la expedición.

–Supongo que no vieron al dragón.

–No lo vimos, pero eso no significa que la leyenda de su muerte sea cierta. Como otras muchas del País Vasco, esta montaña está hueca. Por ahí dentro hay salones, plazas, calles y más sitios. De todo.

–De todas formas, que no aparezca ahora, porque nos quedamos sin celebración –bromea la mujer sacando de la mochila un par de botellas de cava y una buena docena de pasteles.

–¿No quiere tomar parte? –le pregunta el hombre de la barba blanca–. Los pasteles son buenísimos. Y si quiere queso o alguna otra cosa, dígalo. Traemos de todo.

El caminante, que ha salido en busca de soledad, se siente ahora con ganas de hablar, y comparte el pequeño banquete con los espeleólogos. Después, a última hora de la mañana, comienza a bajar hacia el valle, hacia su vida de todos los días.

LA ÚLTIMA LETRA DE ESTE ALFABETO, LA M DE MONTAÑA

Hace unos siete siglos, Petrarca y su hermano se encontraban en el sur de Francia, en las cercanías del monte Ventoux. Un día, ambos decidieron realizar la ascensión, «por nada en especial, sólo porque lo veíamos siempre allí», según escribe Petrarca. Fue, al parecer, la primera vez en que alguien subió una montaña de forma *amateur*, sin objetivo práctico alguno.

Lo que ocurrió aquel día tuvo sus consecuencias, debido sobre todo a que el célebre humanista encontró paralelismos entre la ascensión a la montaña y la vida espiritual de quien desea alcanzar la virtud: «De vez en cuando», escribió, «cada vez que nos encontrábamos con dos o tres vías de subida, yo elegía la más fácil, la de menos pendiente, en tanto que mi hermano siempre seguía por la más difícil. Pero, enseguida, yo me encontraba mucho más abajo que mi hermano y con riesgo de bajar todavía más, y tenía que desandar el camino y volver a la bifurcación. Así, por culpa de mi poca voluntad, subir la montaña me costó muchísimo más que a mi hermano. La experiencia me ayudó a comprender lo que muchas veces sucede en el ámbito de lo espiritual. Tomamos el camino fácil creyendo que así llegaremos antes a la virtud, y sin embargo esa meta nos cuesta luego un esfuerzo doble».

Nadie había hablado así antes de Petrarca, aun cuando el paralelismo entre la ascensión a una montaña y el esfuerzo espiritual ya estaba implícito en la narración de la muerte de Jesús. Más tarde, el cristianismo difundió la idea, ensalzándola –recuérdense las teorías de Teilhard de Chardin– y difundiéndola en muchísimas sociedades. Así ocurrió en el País Vasco y por eso resulta difícil imaginar a alguien que suba al Gorbea, al Aratz o al Hernio por el puro placer de andar y ver el paisaje. Habrá quien actúe de esa manera, pero estoy seguro de que la mayoría se diferencia poco del petrarquiano caminante que nos ha acompañado en esta ascensión hasta la M.

TRAS LOS PASOS DE HOLDEN CAULFIELD

El caso era complicado. Se trataba de seguir los pasos de Holden Caulfield, el protagonista de una novela legendaria. Título de la novela: *The Catcher in the Rye* (El guardián entre el centeno). Autor: J. D. Salinger, el escritor huraño por antonomasia, un hombre que detesta toda referencia a su persona o a su obra y que, según se dice, vive en una cabaña de Connecticut sin apenas contacto con el resto de los humanos. ¿Cómo no perder el hilo cuando, por el mutismo del autor, ni siquiera existe la posibilidad de una cita? ¿Cómo hablar de un héroe juvenil, de una especie de James Dean de la literatura, sin herir la sensibilidad de los lectores que siempre lo llevan en su corazón? Sí, el caso era complicado. No era un trabajo que pudiera hacer yo solo.

Al igual que otras veces, convoqué a los únicos ayudantes que puede tener alguien obligado a redactar un texto de diez folios, es decir, a las letras del alfabeto, primero a la A y luego, en estricto orden, a todas las demás. Afortunadamente, acudieron todas, 29: las 28 altas fuertes, y la chiquitita CH, siempre bienvenida a nuestras reuniones.

–Tengo un trabajo que hacer –les dije–. Quizás recordéis la novela de Salinger *El guardián entre el centeno.*

–Recuerdo que su protagonista era un tal Holden –dijo la H.

–Caulfield. Holden Caulfield –añadió la C.

–¿Era negro? –preguntó la N.

–¿Negro? Todo lo contrario. Era lo que se llama un WASP –le respondió la W–. Un blanco de buena familia. Un adolescente que estudiaba en uno de los colegios de mayor prestigio de Nueva York.

–Pencey –dijo la P–. El colegio se llamaba Pencey.

–Pero no estaba exactamente en Nueva York. Estaba a una hora de tren de la ciudad, en Agerstown –añadió la A.

–No me gustaría parecer fatuo –dijo la F hablando con su finura acostumbrada–, pero yo sí recuerdo la historia de Holden Caulfield. No era muy feliz, y se sentía furioso con todo, furioso con sus fofos profesores, furioso con sus forzudos compañeros de clase, furioso con los que sólo piensan en follar y escriben la palabra *fuck* en las paredes de los colegios femeninos, furioso con la vida en general y con los que él denominaba *phoneys*, farsantes.

–Era un adolescente que no quería dejar de serlo –atajó la A.

–¿Una especie de Peter Pan? –preguntó la P.

–Así es. Un Peter Pan de 16 años.

–Sea como fuere –continuó la F–, la cuestión es que H. C. decidió fugarse de Pencey y volver a Nueva York tres días antes del comienzo de las vacaciones de Navidad. Vacaciones que, dicho sea de paso, iban a resultarle bastante largas, ya que acababa de ser expulsado del colegio. Lo que podemos leer en la novela de Salinger es precisamente eso: lo que le ocurre al adolescente H. C. durante el tiempo que va desde su fuga hasta su vuelta definitiva al hogar familiar.

–Su particular travesía por el desierto –dijo la T mirando a la D.

–Su particular travesía por la selva, diría yo –aseguró la S–. Lo digo por algo que leí sobre los ritos de paso a la madurez en ciertas sociedades africanas. Para acceder a la categoría de guerrero, el joven debe hacer una travesía por la selva, andar por ella en solitario durante tres días y tres noches. Si supera la prueba, es decir, si se aguanta el miedo y triunfa sobre todos los enemigos que le salen al paso, entra a formar parte de la casta dirigente de la sociedad. En caso contrario, no. Creo que es una buena metáfora de lo que cuenta la novela. Si consideramos que la selva a la que se enfrenta H. C. es la ciudad de Nueva York...

–Hablando de Nueva York –dije yo–, mañana salgo hacia allí. Voy a seguir los pasos de H. C. Recorreré todos los sitios que él recorrió, y en el mismo tiempo.

–¿Con qué objeto? –me preguntó la O.

–En primer lugar porque quiero conocerlos y ver cuánto han cambiado desde la época en que Salinger los describió. En segundo lugar, porque me gustaría desvelar el secreto de la novela.

–¿Qué secreto? –inquirió la S.

–Todas las novelas tienen un secreto, un núcleo invisible a partir del cual han crecido y se han formado. Tengo la esperanza de que, analizando el itinerario de H. C. en *El guardián entre el centeno,* podré llegar a ese núcleo.

–Entonces llévate esto –me dijo la P acercándoseme con un plano. Una de sus partes estaba llena de puntos–. Debes salir de aquí, que es donde puede estar Agerstown –añadió a continuación señalándome uno de ellos, el más apartado–. Luego te bajas aquí, en Penn Station, y localizas el hotel de mala muerte donde H. C. tuvo aquella mala experiencia con la prostituta y su chulo...

–Edmont –dijo la E–. El hotel se llamaba Edmont.

–Es el único punto que te puede dar problemas, porque los hoteles de esa clase suelen cambiar frecuentemente de nombre –prosiguió la P–. En cambio los otros no te van a resultar difíciles de encontrar. Aquí en Broadway tienes el teatro Biltmore, aquí entre la Sexta y la 51 tienes Radio City, un poco más adelante Central Park...

–Vas a hacer el itinerario de un turista –comentó la T.

–Caulfield apenas sí se alejó del centro –dijo la C.

–Pues muy bien, os doy las gracias por todo lo que me habéis ayudado, y espero que a mi vuelta todavía me contéis más cosas –les dije al tiempo que me levantaba de la mesa y daba fin a la mesa redonda.

Veinticuatro horas más tarde ya estaba alojado en un hotel de la Avenida Lexington, en pleno Manhattan. Aquél iba a ser mi centro de operaciones durante los tres días que duraría la investigación. Y la investigación comenzó, aunque no muy bien.

No existía en Pennsylvania ningún pueblo con el nombre de Agerstown, como tampoco existía ningún Pencey College. Ambos lugares eran puramente literarios, meros trasuntos de los lugares –pueblo y colegio– donde estudió o deseó estudiar el propio Salinger, y estaban hechos de esa tierra inefable que nadie puede pisar. Renuncié pues a la idea, quizás excesivamente ceremoniosa, de emprender la investigación de la misma manera en que H. C. había emprendido su huida, es decir, a última hora de la tarde y a pie.

Era demasiado tarde para llamar a un taxi, así que hice todo el trayecto hasta la estación andando, confesaba el protagonista de la novela de Salinger. No era muy lejos, pero hacía mucho frío, la nieve dificultaba el andar, y las maletas me golpeaban las piernas. A pesar de todo, resultaba agradable estar al aire libre...

Mientras daba una vuelta por los alrededores de la estación de Trenton –segundo punto del itinerario, el primer lugar real que se cita en el libro–, pensaba sobre todo en aquellos primeros pasos de H. C. ¿Habría influido la nieve en su decisión de escaparse? Yo tendía a creer que sí, aunque en su caso la cuestión no fuera marcharse, sino regresar: regresar a Nueva York, regresar a Central Park para ver si se había helado el estanque de los patos; regresar, sobre todo, donde su hermana, la pequeña y maravillosa Phoebe.

Trenton era un lugar pobre. Visité un mercadillo en el que se recaudaban fondos para ayudas sociales, y lo más lujoso que encontré fue la tarta de manzana que había aportado una de las vecinas. Más tarde, ya en el andén de la estación, vi un yonqui que parecía haberse quedado dormido con el teléfono portátil en el oído, y junto a él, sin prestarle la mínima atención, un grupo de parados cuya dieta, a juzgar por los abultados estómagos y las manchas que casi todos tenían en la piel, no era –no podía ser– la debida. Había más gente en el andén: adolescentes que jugaban a hacerse llaves de judo, trabajadores que iban a la ciudad para el turno nocturno, mujeres de la limpieza que, como luego me di cuenta, trabajaban en el cercano aeropuerto de Newark.

¿Y en los tiempos de H. C.? Pues en aquella época debía de ser una zona residencial, elegante.

De pronto, una mujer se subió en Trenton y se sentó a mi lado. Llevaba con ella unas orquídeas, como si viniera de una gran fiesta...

Al igual que esos insectos que quedan atrapados en las gotas de ámbar, las orquídeas de la elegante señora quedarán para siempre en una de las páginas de *El guardián entre el centeno* como un recuerdo de otro tiempo. Viajando desde Trenton a Nueva York, una escena como aquélla resultaba difícil de imaginar. Mis compañeros de viaje habrían rimado bien con un periódico deportivo, un libro de Sidney Sheldon o un par de agujas de hacer punto, pero no con un ramo de flores de a dólar la unidad. Con todo, el paisaje que se veía al otro lado de la ventanilla –los lugares donde vivía aquella gente– tenía un aspecto agradable. Las casas eran unifamiliares y con porche, y en los campos de hierba que cruzábamos de vez en cuando pastaban caballos y vacas, las vacas más blancas que yo haya visto jamás. Luego, a medida que el tren se acercaba a Nueva York, el paisaje fue perdiendo lirismo, y las estaciones por las que pasábamos parecían incrustadas en los aparcamientos al aire libre con capacidad para miles de vehículos. Una nota curiosa: en la ladera de una colina, como haciendo equilibrios, había dos autobuses de la Baptist Church de color azul cielo. Otra cosa curiosa: en el muro de ladrillos de una antigua fábrica alguien había escrito, con letras de tres metros de altura, la palabra *Jesus*.

Cuando llegué a Penn Station, cuenta Holden Caulfield, lo primero que hice fue meterme en una cabina telefónica. Quería llamar a alguien. Dejé las maletas fuera de la cabina, de manera que las pudiera ver, pero nadie me venía a la mente. Mi hermano D. B. estaba en Hollywood. Mi hermanita Phoebe se acostaba a eso de las nueve, y no la podía llamar. A ella no le habría importado que la despertara, pero el problema era que no sería ella la que cogiera el teléfono. Lo cogerían mis padres. Así que no podía hacer aquello. Luego pensé en llamar a la madre de Jane Gallaher...

En la actualidad, Penn Station ocupa los sótanos del moderno edificio de acero y cristaleras negras que también acoge al Madison Square Garden, y nada tiene que ver con lo que H. C. contempló desde la cabina telefónica mientras trataba de llamar a alguien. Imposible encontrar allí algún rastro que me permitiera entender mejor la novela. A efectos prácticos, el lugar resultaba tan imaginario como el colegio Pencey.

Me marché de allí sin detenerme en ninguna de las múltiples tiendas que ahora rodean la sala de espera y con la esperanza de que no tardaría en tomar contacto con la geografía real de *El guardián entre el centeno*. En la práctica, ello suponía encontrar el tercer punto del plano que me había proporcionado la P, es decir, llegar a aquel hotel Edmont donde el protagonista tuvo el incidente con la prostituta y el chulo.

El taxista al que le di el nombre puso cara rara.

–¿Edmont? Es la primera vez que oigo el nombre de ese hotel –me dijo en un inglés pronunciado a la francesa. Era haitiano.

–¿Conoce un night club llamado El Salón Azul?

Era el club en el que Holden Caulfield había estado bailando con unas chicas un poco palurdas de Seattle. La novela lo situaba en los sótanos del hotel.

El taxista meneó la cabeza y llamó por radio. La respuesta fue negativa. Ni el hotel ni el club existían. Cogí el plano de la P y taché el punto que los representaba.

–Entonces, lléveme al cruce de la Avenida Lexington con la 47. Pero, si no le importa, me gustaría dar un rodeo y cruzar Central Park. Nunca lo he visto de noche.

–Es como de día, pero sin niños.

En las ciudades grandes la palabra *normal* suele abarcar muchísimo, y el taxista no parecía preocupado por llevar en el coche a un tipo que preguntaba por lugares inexistentes o le pedía algo que sonaba a capricho infantil. Reía con lo que decía el locutor de radio y luego, de vez en cuando, daba golpecitos en el volante al ritmo de las canciones que iban poniendo en el programa. Decidí dar un paso más y repetir palabra por palabra la pregunta que H. C. hacía a todos los taxistas que se cruzaban en su camino.

–Oiga, ¿conoce los patos que hay en el lago de Central Park South? Sabe dónde le digo, ¿no? En el lago pequeño. ¿Sabe por casualidad a dónde van esos patos cuando el lago se hiela? ¿Lo sabe, por casualidad?

El taxista reaccionó igual que el primero de los que aparecen en el libro.

–¿Me está tomando el pelo? –dijo volviéndose hacia mí.

–En absoluto. Estoy interesado por esas cosas.

También esta respuesta pertenecía a H. C., aunque no creo que yo la repitiera con la convicción debida. Una idea cruzó por mi mente. ¿Cómo podía tener tantos admiradores una novela cuyo protagonista hace preguntas tan tontas?

–No creo que vayan a ningún lado. La gente les da de comer –me dijo el taxista. Advertí por su tono que ya me estaba aproximando a la frontera de lo normal, y no volví a abrir la boca hasta que llegamos a mi hotel en Lexington. Era un hotel real, confortable, probablemente de buena fama, y me quedé dulcemente dormido mientras intentaba repasar todos los fracasos de la jornada. ¿Existirían los demás lugares de la novela? ¿Quedaría algún punto de mi plano sin tachar? En fin, ya se vería. Todavía me quedaban dos días para intentarlo.

Resumo lo que ocurrió durante aquellos dos días. La mayoría de los otros lugares de la novela sí existía, y además a lo grande, con la clase de existencia necesaria para figurar en las guías turísticas. Así ocurría, por ejemplo, con todos los puntos que en mi plano figuraban dentro o cerca del rectángulo de Central Park y representaban lugares como el Zoo, el Tiovivo, el Museo de Arte o el edificio de Radio City con su pista de patinaje sobre hielo. Sin embargo, y debido precisamente a su gran entidad, ninguno de ellos me sugería nada. ¿Para qué hablar de algo que todos los turistas que han pasado por Nueva York conocen? Describir un hotel de mala nota donde un adolescente ha sufrido una humillación podía tener cierto sentido, pero hacer lo mismo con la sala de momias del Museo, no. Además, ya no hay momias en ese museo.

Con todo, hubo una excepción: el teatro Biltmore de Broadway, el lugar donde H. C. se cita con su amiga Sally Hayes.

Cuando llegué al museo, dice H. C. en la novela, me di cuenta de que no entraría allí ni por un millón de dolares. Si mi hermanita Phoebe hubiera estado allí, me habría quedado a verlo, pero ella no estaba allí. Así que cogí un taxi y me fui al Biltmore. No tenía muchas ganas de ir, pero tenía aquella maldita cita con Sally.

El Biltmore ya no es lo que era cuando Salinger lo describió. Lleva cerrado muchos años, sin otra dignidad que la que, por contraste, le confiere la vulgaridad reinante en Broadway. Da la impresión, cuando se le mira con buenos ojos, de que no ha querido adaptarse a los nuevos tiempos, tan ramplones, tan deudores de la televisión, tan ajenos al género teatral.

–¿Qué pasó con el reloj que había ahí, en la entrada del Biltmore? –pregunté en la taquilla del teatro de enfrente. El empleado me respondió con una de las palabras que tanto daño hacían a H. C. En épocas de crisis, lo primero que se pierde es el buen humor.

Después de recorrer Broadway, intenté buscar el Wickers, el bar de *perverts* donde H. C. se cita con un antiguo compañero de estudios para acabar agarrándose una gran borrachera en solitario. Pero no existía, o al menos yo no lo encontré en la guía telefónica. Y lo mismo ocurría con la casa de Mr. Antolini, el ex profesor que acoge a H. C. con intenciones aparentemente tan *perverts* como las de cualquier cliente del Wickers.

Cara a mi propósito inicial –seguir los pasos de H. C., llegar al núcleo invisible de *El guardián entre el centeno*–, el segundo día fue casi tan decepcionante como el primero; sin embargo, hacia el anochecer, tuve un encuentro que me compensó de mis fracasos y, por decirlo así, me devolvió a la vida. Ocurrió cuando volvía a mi hotel en Lexington, cerca de Radio City, en un bar de la Diamond Street. El camarero era un mejicano de mediana edad.

–Si me permite la confidencia –le dije en español–, hay algo que me ha llamado la atención. Cuando he pasado por aquí esta mañana, las tiendas estaban repletas de diamantes, se veían miles de diamantes en cada una de ellas. Ahora, en cambio, están absolutamente vacías. Han recogido todos los diamantes, los de dentro y los de los escaparates. Yo pensaba que sólo retiraban los de los escaparates.

Yo le había hablado medio en broma, pero el camarero pareció entristecerse con la historia. Luego se puso a hablar como para sí mismo.

–Yo le digo muchas veces a mi esposa que esto no puede ser así, que luego Dios nos compensará a los pobres. Que no puede ser que esta gente gane cuatro mil dólares en diez minutos, porque le compran barato a un compadre que viene con su diamantito de Colombia o de Brasil, que no sabe de precios ni sabe inglés, y luego lo venden veinte veces más caro. Pero ella me dice que no, que Dios no nos compensará.

Inesperadamente, se puso a llorar. No supe qué hacer, y me escapé del bar balbuciendo algunas palabras de ánimo.

Durante la noche, mis pensamientos giraron en torno a la naturaleza de los problemas. Los del camarero mejicano eran más graves que los de H. C. Claro que también éste lo pasaba mal, pero su sufrimiento parecía pasajero, es decir, banal.

El último día que pasé en Nueva York no fue nada especial. Me dediqué a caminar a la deriva, sin itinerarios ni objetivos de ninguna clase. Me di cuenta así –único resultado provechoso– de que hay tres cosas que son difíciles en esa ciudad: pasar un minuto sin ver un taxi amarillo, pasar dos sin rechazar o aceptar un prospecto publicitario, pasar tres sin confundir una expresión especialmente aguda del inglés con un chillido.

No volví a pensar en *El guardián entre el centeno* hasta que me monté en el avión de vuelta. O quizás sería más exacto decir que me encontré pensando en la novela mientras contemplaba las nubes que había entre el Atlántico y nosotros. Poco a poco, las impresiones acumuladas durante aquellos tres días fueron cogiendo su puesto, ordenándose y uniéndose entre sí hasta formar un dibujo bastante distinto al que figuraba en el plano de la P. «Creo que ya lo entiendo», pensé antes de adormecerme.

Llegué a casa y convoqué la segunda mesa redonda. Estaba ansioso por ofrecer el resultado de mis lucubraciones.

–¿Has dado con el núcleo de la novela? –me preguntó la N en cuanto nos sentamos.

–Si me lo hubierais preguntado ayer, mi respuesta habría sido negativa. Pero ahora es distinto. De verdad, creo que entiendo esa novela –respondí.

–Explícate –dijo la E.

–No te cortes –insistió la C en el tono que mejor cuadraba con el espíritu informal con que la mayoría de las letras se habían presentado en la reunión. La B, por ejemplo, iba en bermudas, y la G llevaba gorro y gafas de sol.

–Tenemos tiempo –dijo la T.

–Es verano. Estamos de vacaciones –añadió la V.

No era un ambiente propicio a las explicaciones embarulladas, y me prometí ser breve y claro. Cogí las notas que había escrito en el avión y dije:

–Pensaréis que es un juego de palabras, pero, en mi opinión, el centro de la novela es Central Park. Cuando H. C. llega a Penn Station y coge un taxi, se equivoca al dar la dirección y acaba en Central Park. Y también acaba en Central Park el día de la cita con Sally. Y la noche en que el profesor Antolini le asusta con sus caricias. Y en el momento final de la novela, cuando se reúne con su hermanita Phoebe y los dos marchan hacia el tiovivo que hay junto al famoso estanque de los patos. Por definirlo con una imagen, yo creo que el parque actúa de forma parecida a un imán, y que, como virutas de metal, todas las acciones que H. C. lleva a cabo tienden a moverse en esa dirección. Ahora bien: ¿por qué Central Park y no cualquier otro sitio?

–Buena pregunta –dijo la P aceptando un zumo que le ofrecía la Z.

–Porque es el lugar de la infancia, ésa es la respuesta. Cuando pasé por allí vi niños en todas partes, en el zoo, en las pistas de patinaje, en el tiovivo, en los museos, en los campillos de voleibol o de béisbol, en todas partes. Si dentro de treinta o cuarenta años alguien pregunta a uno de ellos sobre su infancia, es muy probable que hable de los momentos felices que pasó en Central Park. Pues bien: esto que es cierto para cualquier neoyorquino, lo es aún más en el caso de H. C. Al fin y al cabo, él había crecido muy cerca de allí, y sus visitas al parque habían sido diarias. De lo cual se deduce que el imán que tira de él a lo largo de toda la novela es la infancia. Cuando corre a refugiarse en Central Park, o busca por allí a su hermanita Phoebe, lo que hace es retroceder hacia su infancia.

Miré a los otros participantes de la mesa redonda en busca de una mirada interrogante o un gesto de aprobación. Pero ni lo uno ni lo otro. La mayoría de las letras parecían dormidas, y las pocas que seguían despiertas se quejaban del calor y rodeaban a la H en demanda de un helado.

–Os preguntaréis por la razón de ese retroceso –continué haciéndome el sordo y el ciego–. Pues la razón es el sexo. ¡El sexo!

Ante aquel grito mío, las letras volvieron a su ser y pusieron cara de atención.

–¿De qué hablas? –preguntó la X.

–Os lo explico muy brevemente –dije–. Supongo que estaréis de acuerdo en que la madurez, la madurez en general, requiere primero, como condición necesaria, la madurez sexual y afectiva. Una persona sexual o afectivamente inmadura jamás accederá del todo a un estado más complejo que el de la infancia o la adolescencia. Pues bien: H. C. no acaba de dar el primer paso. Como las personas que tienen vértigo y se ponen en cuclillas en cuanto se ven a un metro del suelo, él recula ante todas y cada una de las invitaciones sexuales, y lo hace hacia Central Park, hacia su hermanita Phoebe. Así las cosas, yo no creo que la novela trate, como se ha dicho, de un héroe que odia a los *phoneys* o de un rebelde que no quiere integrarse en una sociedad hipócrita, superficial y materialista. Creo que eso es un barniz, la mancha de tinta con la que H. C. quiere ocultar su verdadero sentir. La única duda que me queda es si Salinger participa en esa maniobra, aunque tengo la sospecha de que él se parece bastante a su personaje.

Volví a mirar a mis contertulias, y me encontré con un panorama descorazonador. Salvo la vigilante V y la insomne I, todas las letras dormían.

–Por vuestra parte, ¿habéis hecho algo?, ¿habéis mirado en las bibliotecas? –les pregunté sin mucha esperanza.

–¡Imposible! –gritó la I–. ¡Imposible implicarse en las ilusorias iniciativas de un imberbe!

–¡Vivan las vacaciones! –gritó la V.

Lo intenté una y otra vez, pero ninguna de las letras había

consultado la obra de Salinger durante mi ausencia. El calor, dijeron todas, les quitaba las ganas de trabajar. Cuando ya iba a desistir, se oyó la vocecita de la CH.

–Yo quiero hablar de Chapman –dijo.

–¿Qué Chapman?

–Chapman, el que mató a John Lennon.

–Pues tú dirás.

–Cuando la policía acudió al edificio Dakota, se encontró con que Chapman, el asesino, se había quedado tranquilamente allí leyendo un libro. No era otro que *El guardián entre el centeno*, y llevaba una dedicatoria que decía: «De Holden Caulfield a Holden Caulfield». El día del juicio, Chapman declaró que él era el Holden Caulfield de esta época, y que había cometido el crimen porque Lennon se había convertido en un *phoney* y porque quería promocionar la novela de Salinger. Pero, probablemente, todo era mentira. La típica mentira del asesino que quiere pasar por loco y montar un chanchullo.

–Te agradezco muchísimo la información –dije sorprendido–. Pensaré en lo que me acabas de decir. Me ayudará a profundizar.

Contento por aquel inesperado final, fui donde la H y le pedí dos helados. Uno para mí y otro para la CH, una letra cuya autonomía con respecto a la C nunca debió ser puesta en duda.

ALFABETO SOBRE UNA MARINA

El alfabeto, esta serie ordenada de letras, este itinerario, puede resultar de muchísima ayuda cuando necesitamos pensar con la confianza y seguridad del creyente que tiene un rosario entre las manos. Así me ocurrió a mí el día en que me desperté en la habitación de un hotel y vi frente a mí un cuadro entre gris y azul, una marina que mostraba una hondonada líquida que parecía capaz de atraer y arrastrar los objetos que tenía alrededor, desde la lámpara hasta el aparato de televisión o las revistas que se amontonaban en una de las sillas.

Estuve contemplando la pintura durante un buen rato. Luego cerré los ojos y dejé que mis pensamientos fueran formándose y ordenándose letra a letra, desde la A hasta la Z.

Al principio no vi ni sentí nada, o mejor, sólo percibí un sonido lejano e irreconocible. Pero, después de unos minutos –minutos muy gozosos, pues el calor de mi cama era el justo–, aquel sonido comenzó a hacérseme familiar. Sí, no cabía duda, eran las notas de una A suspirante y melancólica, las notas de un Acordeón; una música que, además, no venía sola, sino acompañada de una voz que hablaba de huir lejos, de huir en busca de ese mar donde cualquier corazón se siente enloquecer...

El deseo del que hablaba la canción se convirtió en mi propio deseo, y me vi de pronto en la B de Barca y avanzando además por una poderosa C, la C de Corriente. Antes de que me diera cuenta, ya estaba en medio del mar. El agua era a veces azul, a veces gris; las algas eran verdes.

Me froté los ojos y miré alrededor: ¿Habría veleros por allí?, ¿algún transatlántico?, ¿paquebotes? No, imposible, todos esos barcos quedaban por otras letras, más lejos. ¿Y los peces?, ¿dónde estaban los peces? Busqué con la mirada a los delfines que bien podían deambular por aquella zona marítima –entre la C y la D– pero no había ni rastro de ellos.

–¡Qué solitario está esto! –exclamé–. ¿Qué ocurre aquí?

A mi memoria acudieron entonces las palabras de un poema que se refería al mar como una *máscara del desierto,* y por fin lo entendí. Claro, eso era, estaba en realidad en la D de Desierto: un lugar inhabitable, sin referencias, una patria ajena donde siempre reina la desolación.

Como el lugar me daba un poco de miedo, decidí regresar de la D de aquel Desierto a la C de Costa y de Casa, y enfilé mi barca hacia un faro que se veía en el horizonte. Pero, al acercarme, comprobé que la E de Espejismo me había engañado y que aquella F no era la de Faro, sino la de Fantasma. Levanté los ojos hacia el cielo: sin nubes precisas, sin color definido, parecía un techo de mármol sólido e inamovible, la losa de una tumba.

«¡Qué asfixia!», pensé. Quería escapar, saltar fuera del alfabeto y olvidarme del cuadro, pero el acordeón que había escuchado en la zona de la A seguía sonando en la lejanía y reteniéndome dentro de la barca. Escuché entonces las voces que, como el polvo a la miel, se iban adhiriendo a la melodía. Eran tres, y todas diferentes.

Decía la primera de ellas:

–*As ondas do mar, acedos ecos traguían: ai, qué soliña quedache, María Soliña*[1].

Decía la segunda:

–*O mer, méchante mer à la vague écumante, où sont-ils nos maris? Où sont-ils nos bien-aimés?*[2]

Decía la tercera:

–*Three wise men of Gotham went to sea in a bowl. If the bowl had been stronger, my story had been longer*[3].

En diferentes lenguas y tonos, las tres voces hablaban de la muerte, y mi ánimo se contagió de esa desgana que a veces sigue a los momentos de tensión. Me quedé allí, sentado en la barca, a la espera de que una ola o un viento me sacara de aquella zona fantasmal. Pero, nada más tomar la decisión, ocurrió algo insólito. Me di cuenta de que no estaba solo. Frente a mí, de pie en la proa de la barca, había un muchacho.

–¿Quién eres? ¿De dónde has venido? –le pregunté sorprendido.

–Soy el Grumete. He venido de la G –dijo él con una media sonrisa.

[1] Las olas del mar, amargos ecos traían: ay, qué sola quedaste, María Soliña.

[2] Oh mar, malvada mar de olas espumosas, ¿dónde están nuestros maridos? ¿Dónde nuestros bienamados?

[3] Tres prudentes hombres de Gotham a la mar fueron en un cascarón. Si el cascarón hubiera sido más fuerte, mi historia habría sido más larga.

–¿Cómo te llamas? –le dije.

–Me llamaba Hilario –respondió.

La respuesta, el tiempo verbal que había utilizado el muchacho, me dejó sin respiración, y por un momento –gracias a las tres letras siguientes– me quedé mirando hacia la Infinitud del mar, a aquel Jeroglífico que en sólo un Kilómetro de aguas movedizas componía más preguntas de las que yo habría podido plantear en toda mi vida. Al final, sólo tuve valor para hacer una de ellas, la más sencilla:

–¿Cómo ocurrió?

–Fue frente a la L de Lastres, en 1944 –dijo el muchacho con serenidad–. Salimos a pescar y todo parecía muy tranquilo. Pero, repentinamente, se levantó un viento terrible y naufragamos. En total, murieron 37 marineros. Yo era el más joven de todos.

Nada más escuchar la respuesta mi barca comenzó a moverse, y me encontré de golpe dentro de la M del mar, dentro del vientre de esa madre cuyos hijos, como dijo Michelet, nunca dejan de ser fetos. Supe entonces, por la N, que también yo había naufragado. Me revolví y conseguí salir a flote, pero la O, una inmensa ola, me volvió a llevar dentro del agua, hacia una zona, la P, llena de peces.

«¡Resiste!», me dije a mí mismo aprovechando la proximidad de la R. Entonces abrí los ojos y me di cuenta, con el apoyo ahora de la S, de que no estaba en el Mar Rojo, ni en el Tirreno, ni en el Caspio, sino en el Mar de Sanz, el pintor que firmaba el cuadro que veía desde mi cama.

«Todo ha sido un sueño», me dije, sirviéndome otra vez de la S. Luego me levanté y me metí en la ducha. Quería refrescarme y olvidar lo sucedido.

Sin embargo, aún no había llegado hasta el final del alfabeto, y la Tristeza que me había producido la Visita de Ultratumba no desapareció hasta que bajé a desayunar y tomé el primer café. Entonces, por fin, mi humor cambió, y salí a caminar por las calles de la ciudad silbando una canción y fijándome en la gente que no conocía, en el señor X, por ejemplo, o en la señora Y, o en las tres hijas del señor X y la señora Y, las bellísimas señoritas Zeta, Zeta María y María Zeta.

ALFABETO SOBRE UNA CANCIÓN DE MAR. ¡ADIEU BORDEAUX!

Donde la primera letra, la tantas veces nombrada A, es en este caso la A de Antología, o más concretamente, la A de la antología que, con el título de *Le Livre d'Or de la Poésie Française*, publicó un autor cuyo nombre empieza por una letra que al no ser de la A no puedo citar por el momento. Lo que sí puedo hacer desde este mismo comienzo es admirar el criterio que dicho autor siguió a la hora de seleccionar los *anthos* que llenan las casi quinientas páginas de su libro, puesto que no dudó en colocar poesías y canciones populares a la misma altura que las creaciones de un Aubigné, de un Verlaine o de un Apollinaire.

«¿Qué destino iba a dar a la poesía popular, a las retahílas infantiles y a las canciones, a la poesía involuntaria o irracional?», escribe en el prólogo de su antología. «¿Cómo dejar todos esos fermentos, esos cantos, ese material legendario a las puertas de las Academias, y traicionar así mi gusto? De ninguna manera. Infinitamente numerosa, la poesía es una. Lo que prefiero de la poesía llamada "popular" figurará también en esta muestra.»

No es normal. Lo normal es que las antologías refuercen el

punto de vista dominante, que, en el caso de la poesía –como en el de otros muchos campos que antaño gozaron de un cierto esplendor y que ahora están en horas bajas–, suele ser sectario e inquisitorial, y muy dado a establecer jerarquías y fronteras: «Esto sí, esto no, pájaros y rosas sí, cerdos y margaritas no». Pero, repito, el autor de *Le Livre d'Or de la Poésie Française* no actuó convencionalmente, no despreció nada por principio, a todos dio la oportunidad de presentarse ante los lectores, y esa suerte es la que ha hecho que muchos podamos conocer el texto que viene en la página 466 de la antología, una canción anónima que –para decirlo con la segunda letra del alfabeto– habla de Barcos y de Burdeos, o mejor dicho, de los barcos que, saliendo de Burdeos, y con la C de *carte* en la mano, se marchaban a la CH de *Chili* o aún más lejos.

Puestos a Describir, pues no en balde estamos a la altura de la D, lo primero que cabe señalar es que se trata de una de aquellas canciones que, hasta bien entrado el siglo XIX, los hombres solían cantar durante el trabajo; canciones de grupo que, al escucharlas ahora, traen el eco de los mineros que picaban la roca marcando un compás; o el de los leñadores que, para mejor abatir un árbol, movían sus sierras siguiendo un Din-Don-Dan cualquiera; o el de los marineros que izaban las velas o levantaban el ancla al ritmo de, por ejemplo, *My Bonnie*...

My Bonnie lies over the ocean,
My Bonnie lies over the sea,
My Bonnie lies over the ocean,
Oh bring back my Bonnie to me!

Bring back, bring back,

Bring back my Bonnie to me, to me,
Bring back, bring back,
Oh bring back my Bonnie to me!

My Bonnie es sin lugar a dudas la más famosa de las canciones marineras o *sea shanty*, pero no le va a la zaga, en cuanto a belleza textual, esa otra *sea shanty* –*chanson à hisser*– que el autor cuyo nombre sigo sin poder decir por falta de letra eligió para su *Livre d'Or.* La belleza de *My Bonnie* proviene, a mi entender, de su simplicidad y de su fondo un tanto legendario; la de *Nous irons à Valparaiso* –que así es como se llama la canción de Burdeos– proviene de sus interjecciones, de sus barbarismos, de sus gritos; proviene, en una palabra, de estos 24 versos:

I
Hardi les gars, vire au guindeau,
Good bye farewell, good bye farewell,
Hardi les gars, adieu Bordeaux!
Hourrah, ô Mexico, ho, ho, ho!
Au cap Horn il ne fera pas chaud,
Haul away hé, oula tchalez,
A faire la pêche au cachalot.
Hâle matelot, hé, ho, hisse hé ho!

II
Plus d'un y laissera sa peau,
Good bye farewell, good bye farewell,
Adieu misère, adieu bateau!
Hourrah, ô Mexico, ho, ho, ho!
Et nous irons à Valparaiso,

Haul away hé, oula tchalez,
Où d'autres laisseront leur peau.
Hâle matelot, hé, ho, hisse hé ho!

III
Ceux qui r'viendront pavillon haut,
Good bye farewell, good bye farewell,
C'est premier brin de matelot:
Hourrah, ô Mexico, ho, ho, ho!
Pour la bordée ils s'ront à flot,
Haul away hé, oula tchalez,
Bons pour le rack, la fill', l'couteau.
Hâle matelot, hé, ho, hisse hé ho![4]

Nos basta una sola lectura de la canción para sentirnos lejos de esos otros textos *pasados de forma*, demasiado tratados, de-

[4] «Iremos a Valparaíso»: Ánimo muchachos, que gire el guindaste, / Good bye farewell, good bye farewell, /Ánimo muchachos, ¡adiós Burdeos! / ¡Hurra!, ¡oh, México, ho, ho ho! / En el cabo de Hornos no hará calor, / Haul away ¡eh!, oula tchalez, / Nos vamos a la pesca del cachalote. / Al viento, marinero, ¡eh!, ¡oh!, ízala, ¡eh!, ¡oh! // Más de uno dejará la piel, / Good bye farewell, good bye farewell, / Adiós miseria, adiós barco. / ¡Hurra, oh México, ho, ho ho! / Iremos a Valparaíso, / Haul away ¡eh!, oula tchalez, / Donde otros dejarán su piel. / Al viento, marinero, ¡eh!, ¡oh!, ízala, ¡eh!, ¡oh! // Los que vuelvan con el pabellón alto, / Good bye farewell, good bye farewell, / Los marineros novatos recién estrenados: / ¡Hurra, oh México, ho, ho ho! / Por la borda se irán al agua, / Haul away ¡eh!, oula tchalez, / Son buenos para las cremalleras, el hilo y el cuchillo. /Al viento, marinero, ¡eh!, ¡oh!, ízala, ¡eh!, ¡oh!

masiado cocidos. Vemos, por el contrario, que en *Nous irons à Valparaiso* hay algo crudo, algo verde, algo casi brutal, como si la vida no se resignara a la forma que la aprisiona y la sintiéramos luchando por salir de esos 24 versos. Dicho de otro modo –del modo que me permite la letra E–, lo que la canción transmite es el Entusiasmo, el estado de intensa excitación espiritual en que se hallaban aquellos marineros antes de zarpar. De ahí las rimas redondas y contundentes, *chaud, peau, haut*; de ahí los gritos de júbilo como *Hourrah, ô Mexico!*; de ahí también las risas, los tragos, el movimiento que la canción deja adivinar. No, aquel grupo de marineros no debía de parecerse mucho a los coros que suelen cantar en las iglesias europeas.

Sin lugar a dudas, su entusiasmo estaba más que justificado. El viaje que iban a emprender desde Burdeos al Nuevo Mundo participaba de la F de Fabuloso, y se ajustaba, además, al doble significado que el verbo Partir tiene en algunas lenguas: por una parte, salir, marcharse; por otra, dividir una cosa en partes, romper. Así las cosas, no es extraño que los marineros se sintieran dueños de la G de *gaieté* –Alegría– y que, con la H de *humour*, se permitieran bromas acerca de los peligros que les esperaban; al fin y al cabo, iban a liberarse de las molestias de la vida cotidiana, de esa mochila que nunca –*never!, never!*– deja de pesarnos en la espalda...

Recuerdo ahora –quizá porque ya estoy en las inmediaciones de la I– un fenómeno que observé durante las últimas Inundaciones del País Vasco. El agua corría por las calles de la parte vieja de Bilbao destruyendo tiendas y bares, y las pérdidas económicas se conjeturaban enormes. Sin embargo, el ambiente general parecía festivo: la gente charlaba animadamente en la parte alta de las calles, los niños parecían tener más ganas de jugar que nunca, las barreras sociales y políticas desaparecían ante lo muchísimo que todos querían contar a todos. Cuando, días más tarde, las aguas empezaron a bajar y el tráfico –prueba y señal de la normalidad moderna– volvió a ponerse en marcha, intuí una cierta decepción: en el fondo de su corazón, la gente lamentaba lo breve de la interrupción, reprochaba a la naturaleza el que su ataque se hubiera limitado a un zarpazo, que no hubiese *partido* la vida en dos.

Naturalmente, las perspectivas de los marineros eran mejores. Su interrupción, su viaje –desde el Garona hasta el Pacífico, pasando por Cabo Verde y las costas de Brasil– solía durar como mínimo cuatro meses: el tiempo suficiente como para encontrarse con gente que en lugar de Adiós decía *Good bye*; para encontrarse, asimismo, con lugares cuyo nombre debía de sonar tan raro como ese *oula tchalez* que se repite en el sexto verso de cada estrofa.

¿Y los riesgos? ¿Cuál era el precio de llevar una vida tan fuera de lo normal? Es difícil decirlo. Sabemos, eso sí, que su destino estaba en manos de los catorce vientos que, al decir de un cuento tradicional catalán, recorren el mundo, y sabemos también lo que dice la canción:

Plus d'un y laissera sa peau,
Good bye farewell, good bye farewell,
Adieu misère, adieu bateau!

Apunto ahora, aprovechando que la siguiente letra es la J, el contraste entre la fiesta y la vida cotidiana, entre el tono de *Nous irons à Valparaiso*, por una parte, y el de los *Journals* o *Diarios* de navegación, por otra. Véase por ejemplo –para muestra basta un botón– cómo describe José María de Hormaza, un capitán vizcaíno que hacía la ruta de América, lo sucedido la noche del 8 al 9 de octubre de 1837:

Anocheció con cielo claro y horizontes entoldados, viento frescachón y mar gruesa; a las diez horas se arrió el velacho y se aferraron el juanete de proa y la mesana; y a las dos horas el juanete mayor; a las cinco se arrizaron las gavias, y la mayor y el foque. Amaneció ofuscado, viento fresco, mar muy inquieta del mismo viento; a las seis horas se aferró el trinquete en atención a que el viento venía a más; a las ocho se partió la verga del velacho; a esta hora se arrizó la gavia, quedándonos en esta disposición, corriendo con la gavia en popa sobre el tamborete, y con la trompetilla sin más aparejo.

Poco debieron de dormir los marineros, mala debió de ser aquella noche del 8 al 9 de octubre de 1837; pero el relato –sobrio, exacto– calla todo lo referente a la parte humana de la situación. Eso quedaba para las canciones.

Veo ahora, delante de mí, una pequeña isla del alfabeto francés llamada K. Hablando de lo que estoy hablando, esa K no puede ser otra que la de la voz náhuatl *Kakáua*, pues eso era –cacao– lo que aquellos veleros del XIX traían de las tierras americanas. ¿Sólo cacao? No, también café, caoba, coco, ron, tabaco y otras muchas delicias.

Y de la K –con la libertad que me da la L–, paso a la M de Maupassant.

En la primavera de 1888, Guy de Maupassant se embarcó en su velero *Bel Ami* y realizó una pequeña travesía por el Mediterráneo, producto de la cual fue ese diario de navegación que lleva el mismo título que uno de sus cuentos: *Sur l'eau*. A pesar de las desesperanzadas palabras que Maupassant puso en su final, afirmando que se trataba de unas páginas *sans suite, sans composition et sans art*, la obra resulta magnífica. La profundidad de sus reflexiones, lo dramático de sus recuerdos, la belleza de sus apuntes paisajísticos, la melancolía que, con la levedad de las mariposas, va posándose en las líneas del texto... todo nos conmueve, todo nos hace cerrar los ojos y pensar en nosotros mismos y en el mundo. Porque, además, el tiempo –que en la literatura ha traído la apertura y que, entre otras cosas, ha realzado el valor del fragmento– ha jugado en favor del diario.

Con todo, debo resistirme a la tentación de copiar uno de esos bellos pasajes de *Sur l'eau* y probar así lo justificado de mi elogio, porque lo que me interesa ahora, en este alfabeto sobre una canción de mar, es sólo un pequeño detalle, una anotación que corresponde a la singladura del 8 de abril. Escribe Maupassant:

La rada de Agay forma una bonita dársena muy abrigada, cerrada por una parte por los peñascos rojos y abruptos que domina el semáforo de la cima de una montaña que además, ya en pleno mar, forma la Isla de Oro, llamada así por su color; por la otra, por una línea de rocas bajas y una pequeña punta a flor de agua en la que está situado el faro que señala la entrada. Al fondo, un albergue que acoge a los capitanes de navíos obligados a refugiarse allí a causa del mal tiempo y a los pescadores en verano, una estación de ferrocarril donde sólo se detienen dos trenes por día, de los cuales nunca desciende nadie, y un bonito río que se hunde en el Esterel hasta el valle llamado Malinfermet y que está, como un barranco africano, lleno de rododendros.

Efectivamente, un albergue para capitanes y pescadores, un hotel de paso, una especie de Restop junto a una de las *carreteras* del mar. Cuando leí *Sur l'eau* y reparé en el detalle, me quedé pensando en lo mucho que ha cambiado el paisaje desde que los nuevos medios de transporte desplazaron el barco. Ahora que estoy escribiendo este alfabeto, vuelvo a hacer lo mismo, o más exactamente, pienso en lo mucho que ha debido de cambiar Burdeos desde que en las orillas de su río se cantaba *Nous irons à Valparaiso.*

Dicho esto, aprovecho la N para, Navegando, rodear la O y confesar cuál era uno de mis Objetivos a la hora de escribir este alfabeto: llegar hasta la P, la P de *promenade.*

Entre todas las formas de pasear por Burdeos, debe forzosamente existir una que, con la ayuda de la imaginación, permita seguir el rastro del cacao o del café que llegaba de América; que permita también, aguzando el oído, escuchar en la lejanía la canción de unos marineros:

Hardi les gars, vire au guindeau,
Good bye farewell, good bye farewell,
Hardi les gars, adieu Bordeaux!...

Y después de la P, la Q, letra que me indica que el armazón o la Quilla *–quille–* de este texto sigue siendo el alfabeto, esta pieza de piezas que ahora pasa a la R para Repetir algo que el autor del *Livre d'Or* –cuyo nombre habré de confesar muy pronto– escribe en el prólogo a la antología:

Este libro no será una colección de flores muertas, un bodegón de la historia literaria, sino una invención que hoy no sorprenderá a nadie, una especie de máquina proyectora y parlante que mostrará las imágenes que permanecen en la poesía francesa, la evolución de una lengua aplicada a decir bien las peripecias en la búsqueda de expresión, la elección de los matices, el juego de reflejos entre la alusión y lo inigualable de la música, la fulguración de un verso que de golpe se convierte en algo más querido que la más querida de las joyas.

¡Bien dicho, Pierre Sheguers! ¡Y mil gracias, letra S, por permitirme nombrar a un autor tan admirable!

Me encuentro ahora, en la parte final, con una T que, por estar en este alfabeto o barco –*alphabateau*–, no puede ser sino el Trinquete, un Utensilio –de la U– que sirve para sujetar una Vela o dos velas –V, W–; velas que nos llevarán a X, a Y o a Z. ¿Que nos llevarán? ¡No! ¡Nada de futuros! Digamos mejor ¡que ya nos llevan! Sí, el barco ya partió, y este alfabeto se acabó.

ALPHABELETTE. ALFABETO FRANCÉS EN HONOR DE JORGE LUIS BORGES

Por ser él quien fue, un autor amigo de fantasías, este alfabeto es ante todo un ser inefable hecho de la misma materia que creó al antílope de seis patas o al gran elefante que vive en el planeta Neptuno, y responde, por francés y por imaginario, al nombre de Alphabelette. Más en concreto, se trata de un animal –*bête*– de forma similar a la ágil y rápida comadreja –*belette*–, pero con la singular particularidad de tener no cuatro, sino veintidós patas; patas que, además, suelen ser irregulares y reciben el nombre de *letras*.

Pero no perdamos tiempo, seamos nosotros también –tú y yo, lector– ágiles y rápidos; contemplemos ya esa primera letra, esa primera pata que, con maneras de señorita, nos muestra nuestra comadreja: la A de *Amérique*.

Amérique –América– es una de las cinco partes del mundo, un vasto continente que, con 42 millones de kilómetros cuadrados y más de 700 millones de habitantes, se extiende desde las regiones árticas hasta el Círculo Polar Antártico, y tiene una longitud total de unos dieciocho mil kilómetros. Pues bien: en ese gran continente hay un gran país, y en ese gran país una gran ciudad, y en la gran ciudad un barrio hispano que pasa por peligroso y que es muy pobre; un barrio que –paso de la primera letra a la segunda– es conocido en casi todo el mundo y se llama Bronx.

Existe en el Bronx, muy cerca de la parada de metro llamada Hunts Point, una calle que parecería normal si no fuera por un pabellón que, sin ventana alguna, recuerda más a un búnker que a un almacén. Los habituales del barrio, los hijos de los hijos de los que una vez vivieron en Puerto Rico, Colombia o Ecuador, no se fijan en el edificio, que parece vacío, deshabitado; pero el viajero que, como yo, acude allí con la recomendación del escritor José M.ª Conget, descubridor y primer visitante del lugar, cruza el umbral y se encuentra con los más de dos millones de libros que un refugiado de la guerra civil dedicado a la venta por catálogo –Eliseo Torres– reunió a partir de los años cincuenta. La sorpresa más grande: que esos dos millones de libros –allí, en pleno Nueva York– están en español.

Los libros, en su gran mayoría, están ordenados; en la B del segundo piso, en una B idéntica a esta segunda pata de nuestra comadreja, encontré a Borges.

Había muchos títulos suyos allí, ediciones argentinas sobre todo. Alargué la mano y saqué de la estantería un ejemplar del libro *Siete noches*, compilación de las conferencias impartidas por el autor en un teatro de Buenos Aires. Lo abrí por una página cualquiera y leí la siguiente sentencia: «No hay azar, lo que llamamos azar es nuestra ignorancia de la compleja maquinaria de la causalidad».

Animada por la cita, esta comadreja –este alfabeto– muestra ahora su tercera pata y me obliga a detenerme en la letra C de *Causalité*.

Nosotros, es decir, la generación de lectores y escritores que hace unos quince años escuchábamos o leíamos sus palabras, aprendimos de Borges que el problema central de la novelística es la causalidad, y que el procedimiento pregonado por los naturalistas –que la literatura debía ser una copia o un acta notarial de la única y verdadera realidad– era pura vanidad y un absurdo. Dicho de otro modo, aprendimos que los libros no pueden contener todos los detalles, todas las causas y efectos; que no pueden ser sino un *resumen* con leyes y procedimientos propios.

Recuerdo, en este sentido, lo que escribió Baudelaire en sus cuadernos, aquello de que bastaba una milla de mar para tener una idea del infinito. Pues bien, también los libros son como esa *milla Baudelaire*. Son infinitos virtuales que nos ayudan a comprender ese otro infinito que es la experiencia humana.

Paso ahora a la siguiente pata de nuestra comadreja Alphabelette, la correspondiente a la letra D –D de *Démonstration*–, pues no quisiera seguir adelante sin poner un ejemplo de esa causalidad que Borges aplicó a los hechos narrados en sus cuentos. Transcribo para ello el comienzo del titulado «El espantoso redentor Lazarus Morell», incluido en su *Historia universal de la infamia*:

En 1517 el P. Bartolomé de las Casas tuvo mucha lástima de los indios que se extenuaban en los laboriosos infiernos en las minas de oro antillanas, y propuso al emperador Carlos V la importación de negros que se extenuaran en los laboriosos infiernos de las minas de oro antillanas. A esa curiosa variación de un filántropo debemos infinitos hechos: los *blues* de Hardy, el éxito logrado en París por el pintor doctor oriental D. Pedro Figari (...), el tamaño mitológico de

Abraham Lincoln, los quinientos mil muertos de la Guerra de Secesión, la admisión del verbo *linchar* en la decimotercera edición del Diccionario de la Academia (...), la habanera madre del tango, el candombe (...). Además: la culpable y magnífica existencia del atroz redentor Lazarus Morell.

Como puede verse, la relación entre causa y efecto no es la que se da en las novelas naturalistas. ¿Cómo denominar a esa relación, a esa clase de lógica? Por el momento, ignoro la respuesta. Debo seguir interrogando a esta comadreja de la especie de los alfabetos, y mirar debajo de todas y cada una de sus patas.

Vayamos, pues, a ver lo que nos dice la siguiente, que es la E.

–Soy yo quien ha escrito el poema –me dice la letra E con algo de misterio.

–¿Quién eres? ¿A qué poema te refieres? –le pregunto yo.

–Que te lo diga la P –me responde ella.

La rigurosa ley de los alfabetos me obliga a dejar la consulta para más adelante y seguir hasta la F. La F de *Fantaisie.*

–Lo único que puedo asegurar –me dice la letra– es que esa lógica diferente se da mucho en la literatura llamada fantástica, la cual, según escribió el propio Borges, es más antigua y verdadera que los remedos de realismo.

Quizá haya lectores de esta comadreja alfabética que se extrañen de esas palabras de Borges que nos recuerda la F, pues es infrecuente que alguien llame *verdadera* a la literatura fantástica. Todo lo contrario: los naturalistas y sus defensores suelen acusarla de ser un puro divertimento, un juego vacío y sin ninguna conexión con lo que sucede en el mundo.

No soy partidario de tomar posturas literarias, pues considero que todos los registros pueden ser buenos a la hora de escribir un libro; sin embargo, creo que Borges tiene razón y que el adjetivo que aplica a la literatura fantástica está justificado. Se trata de una literatura *verdadera*, entre otras cosas porque surge del miedo, uno de los sentimientos más reales, activos y transcendentales que existen. Por miedo, escribe Montaigne, se confunden los estandartes blancos con los rojos; por miedo se mata, por miedo se muere; por miedo nos callamos, por miedo hablamos; por miedo, como dice la copla, hacemos de cada diez cosas tres, o tres y media. ¿Cómo va a ser puro divertimento, escritura banal, lo que tanto tiene que ver con Don Beldur?

–¿Don Beldur? –preguntará algún lector quisquilloso. Porque a nadie agrada encontrarse con personajes que no han sido presentados, y a los quisquillosos menos.

Un consejo para ese lector: mire debajo de la siguiente pata de la comadreja, donde la G es justamente la de Gonzalo. O mejor, la de Gonzalo de Berceo.

–No entiendo la relación –dirá el lector quisquilloso, ahora un tanto desconcertado.

–En sus *Milagros de Nuestra Señora,* Berceo llamó al miedo «Don Beldur», porque *beldur*, en lengua vasca, su posible lengua primera, significa justamente «miedo».

–Ya estoy harto de información lingüística –dirá el lector quisquilloso, que siempre suele ser exagerado–. Además, ¡qué despropósito hablar de lengua vasca cuando el tema es Borges! ¡Qué falta de universalismo! ¡Qué ganas de mezclar la boñiga con el glamour y la glamoura!

Un poco racista nuestro hipotético lector quisquilloso, pero, sea, dejémonos de divagaciones lingüísticas, volvamos al tema de la causalidad en los textos de Borges. Nos preguntábamos cómo habría que denominarla, o mejor dicho, se lo preguntábamos a las letras. Y las respuestas, en esa primera indagación, no habían sido del todo esperanzadoras, ya que la E, eludiendo el meollo del asunto, se había limitado a declararse autora de un misterioso poema, en tanto que la aportación de la F, muy vaga y convencional, había aclarado lo ya sabido, es decir, la adscripción borgiana a la literatura fantástica. Así que vayamos adelante, veamos si con la H tenemos más suerte.

–Si fuera la H aspirada podría decirle algo, pero resulta que soy la muda –me dice la letra gesticulando mucho.

–Mi problema es peor que el de la H –añade un fantasma con forma de I–. No puedo responder a su pregunta porque, sencillamente, soy de la clase de los *Inexistants*.

Llego así donde la J. Pero tampoco con esta letra tengo suerte, porque nada más verme exclama:

–*Je ne parle jamais!*

Y algo parecido me pasa con la K, un personaje muy orgulloso.

–¡Déjeme en paz! ¡Hable con mi secretaria! –me dice–. ¡Yo soy como el ciudadano Kane!

Pero estoy lejos de la S, y no puedo hablar por ahora con el secretario de la K. De modo que sigo adelante con la esperanza de que la racha de malas patas pase pronto. Y, efectivamente, con la L las cosas van mejor.

–Yo no me siento capaz de teorizar sobre la causalidad o sobre ese azar del que nos habla Borges. Sin embargo, puedo aportar una pequeña historia de *Lawrence d'Arabie*.

–De acuerdo. Comienza –le respondo. Entonces, ella me cuenta lo siguiente:

Cada día, durante las tres últimas semanas de su vida, un pájaro revoloteaba ante una de las ventanas de la habitación de Lawrence, golpeando sin cesar el cristal con su pico. Cuando se apartaba para acercarse a otra ventana, el pájaro le seguía y empezaba de nuevo a golpetear. Los antiguos no habrían dejado de ver en ello un presagio.

La extraña insistencia del pájaro irritaba tan visiblemente a Lawrence que una mañana, aprovechando que él había salido, uno de sus amigos cogió una carabina y lo mató. A la misma hora, Lawrence encontró la muerte al mando de su motocicleta.

Tras la historia, miro rápidamente la decimotercera pata de esta comadreja alfabética, y leo allí la opinión de la letra M.

–La causalidad que reivindicaba Borges era la de la *Magie*. Según su definición, la magia no es otra cosa que una causalidad distinta, aquella que los poderes de un anillo o una lámpara ponen de manifiesto. Frotamos un anillo, o una lámpara, y aparece el genio.

–Esa causalidad también está presente en las viejas narraciones –interviene en ese momento la N–. Recuerdo a este respecto la respuesta que, acerca del momento de su muerte, da un personaje demoníaco a su hija. «No es fácil que yo muera», le dice, «porque yo tengo un hermano que es un león y vive en la montaña, y dentro de ese león hay una liebre, y dentro de la liebre una paloma; una paloma con un huevo. Pues bien, si alguien consigue ese huevo y luego me lo rompe aquí en la frente, moriré. De lo contrario, nunca».

Agradezco la información a la N y voy hacia la O. Y la O me confiesa:

–Yo de ese tema, cero.

Levanto la siguiente pata de la comadreja y veo frente a mí una letra que es como una pequeña luz.

–¿Qué eres? –le pregunto.

–Soy el poema que escribió la E –me responde.

–¿La E? ¿Qué E?

–La E del Euskera.

Inmediatamente el poema suena en mis oídos. De esta manera:

Bada ostera gogoratuko ez dudan Verlainen poema bat,
Bada kale hurbil bat nire pausoei ukatua dagoena,
Bada ispilu bat azken aldiz ikusi nauena,
Bada munduaren amaiera arte itxi dudan ate bat.
Nire liburutegiko liburuen artean (ikusi egiten ditut)
Bada baten bat behin ere zabalduko ez dudana.
Uda honetan berrogeita hamar urte beteko ditut;
Heriotzak xahutu egiten nau etengabe.

Interrogo a la letra más próxima, Q, acerca de estas palabras, pero ella niega con la cabeza y dice:

–No sé nada. Yo estoy aquí para avisar que ya hemos llegado a la *Queue* –cola– de esta comadreja alfabética.

Acudo entonces donde la R.

–Es algo *Rare* –dice la R–. Se trata de un poema en lengua vasca. Quizá lo sepa la S.

Encuentro a la S en un gran salón del palacio de Shanadú. Con la ayuda de la R, le repito la pregunta.

–Aunque parezca paradójico, no lo sé –me dice la S–. Pero, en calidad de secretaria del señor Kane, puedo facilitarle un traductor.

Dicho y hecho, S consigue que llegue T –*Mademoiselle la traductrice*– y traduzca el poema al español, o mejor dicho, que lo retraduzca y recupere el original, el poema que Borges tituló «Límites»:

Hay una línea de Verlaine que no volveré a recordar,
Hay una calle próxima que está vedada a mis pasos,
Hay un espejo que me ha visto por última vez,
Hay una puerta que he cerrado hasta el fin del mundo.
Entre los libros de mi biblioteca (estoy viéndolos)
Hay alguno que nunca abriré.
Este verano cumpliré cincuenta años;
La muerte me desgasta incesante.

Y la U es la U de *Unique.* Entre los muchísimos aspectos de la obra de Borges, yo he elegido sólo uno: su concepción de la causalidad. Como he confesado en una de las primeras letras o patas, muchos escritores le debemos esa lección.

Y la V es la V de *Vertèbre.*

Y la X es la vértebra que sujeta a la también vértebra Y, que a su vez sujeta a la Z, última y zigzagueante vértebra de esta imaginaria comadreja llamada Alphabelette.

ALFABETO SOBRE EL ÚNICO VERANO DE MI VIDA EN QUE FUI UN DON JUAN

Aquel verano fue realmente especial. Si, como en la famosa escena del lago, alguien hubiera sacado de mí al demonio del amor para preguntarle por su nombre, éste habría dado una respuesta muy similar a la legendaria: Mi nombre es Legión, porque fuimos muchos amores. Una verdad como un templo. Quizás sólo fue suerte. O fue quizás la arrebatadora mirada que yo tenía por aquella época o el no menos arrebatador Citröen que conducía a todas horas. No lo sé. La cuestión es que, de tantos que fueron los amores, de tantas que fueron las amadas, su detallada relación se vuelve imposible; imposibilidad que, fatalmente, me empuja a la injusticia de elegir, a la mezquindad del resumen, a la pobreza formal de la lista alfabética. Que me perdonen las olvidadas, que me perdonen los lectores gravemente académicos, enemigos acérrimos de estas formas falsamente modernas: allá voy, ya me sumerjo en la repleta piscina, ya extraigo el primer nombre, ya empiezo a acordarme de Anuchka.

Conocí a Anuchka únicamente desde el kilómetro 24 de la carretera nacional Irún-Barcelona hasta el kilómetro 19 de la carretera comarcal 103, zona de calas, playas y pinares. Luego yo seguí mi camino, que me llevó a mi casa barcelonesa, y ella el suyo, que la llevó a Irkutsk, Siberia. Pero no se rompió allí la relación: Yo le escribía, ella me escribía. Yo le decía mentiras: «Anuchka, lo que más me gustó de ti fue tu sonrisa». Ella me decía verdades: «Pienso en ti constantemente. Cuando miro por la ventana y veo una manada de lobos correr por la estepa helada, se me figura que tú eres uno de ellos, y que vienes a por mí como viniste aquella vez». Un día, después de cien cartas, ella dejó de escribir. Anuchka, ¿qué te pasó?, ¿te olvidaste de mí?, ¿te comió un lobo? Si recibes este mensaje, escríbeme la carta ciento uno, por favor.

Después de Anuchka, conocí a Brigitte. Llegó de Fointanebleau con una falda de muy poca tela y unas piernas muy largas. Cuando le preguntaban los demás, ella siempre decía *Non*. Pero si era yo el que preguntaba, la respuesta era *Oui*. Era simpática Brigitte.

Opuesta en todo a Brigitte, Concha siempre me decía No. ¿Y a los demás? Bueno, a los demás también les decía No. Así que no era tan opuesta a Brigitte.

Diana, mi cuarto amor de aquel verano, siempre andaba por el bosque y sin más compañía que sus tres perros, Satán, Bobo y Sultán. Le gustaba ser inaccesible, y cuando alguien le preguntaba si podía acompañarla en el paseo, ella se limitaba a gritar: «¡A por él, Satán! ¡A por él, Bobo! ¡A por él, Sultán!». Sabedor del problema, me propuse avanzar hacia ella escalón tras escalón: enamoré primero a Sultán, el que más comía; luego a Bobo, que comía menos pero era más exquisito; más tarde, por fin, a Satán, en quien descubrí una extraña afición a una famosa bebida refrescante. Con el bagaje, me interné en el bosque, me vio Diana, y aquello fue un flechazo.

Lo de Eva fue diferente. Estábamos los dos en una isla paradisíaca y el amor fluía entre las palmeras. Pero, una mañana, Eva entró en un supermercado y robó una manzana. Desgraciadamente, fue detenida y expulsada del país. Las palmeras se marchitaron, y el amor dejó de fluir.

Francisca trabajaba en un restaurante, y yo me di cuenta de que algo pasaba entre nosotros una vez que, comiendo un plato de arroz con leche, empezamos a hablar de nuestras familias en general y de nuestras madres en particular, y no paramos hasta las tantas de la tarde. A mí Francisca me gustaba mucho, más que Anuchka, Brigitte y todas las demás, porque la sentía cercana, de casa, de mi tribu; pero he ahí que, de pronto, algo se interpuso entre nosotros. ¿Una cuestión sexual? No. ¿Una cuestión ideológica? Tampoco. ¿Una cuestión gastronómica? Menos. Lo que se interpuso fue una cuestión lingüística. Dicho brevemente, ella comenzó a hablar en diminutivos. Nunca decía «sopa», sino «sopita». Nunca decía «beso», sino «besito». Por las mañanas, cuando me despertaba, susurraba: «Cariñito, ya tienes el cafecito en la mesita». Y por las noches todavía era peor: «Cariñito», decía, «límpiate la carita y vámonos a la camita». Consulté la cuestión con mi amigo Pablo Ardisana. «¿Qué tipo de diminutivos usa? ¿Los acabados en *-in* o los acabados en *-ito*?», me preguntó. «Los acabados en *-ito*», le respondí. «Entonces, la cosa no tiene remedio», dijo mi amigo. Al día siguiente, hice las maletas y me escapé de casa. Cuando bajaba por las escaleras, ella salió al descansillo y gritó: «¿Por qué nunca me llamas Paquita?». Solté un alarido y me precipité a la calle.

Muy pronto, buscando desesperadamente lo contrario a Francisca, acabé en los tremendos brazos de Gertrudis, la mujer gigante. Como siempre, al principio fui feliz. O mejor: inmensamente feliz. Había veces en que nuestra fiesta de amor era tan grande que cogía el libro de las poesías completas de Baudelaire y le recitaba a Gertrudis aquello de «La Géante». Me valía para ello de la traducción de Ramón Hervás, porque, en aquella época, Gertrudis no sabía francés.

En el tiempo en que la Naturaleza en su inspiración poderosa
concebía diariamente niños monstruosos,
me habría gustado vivir junto a una joven giganta,
como a los pies de una reina un gato voluptuoso.

Me habría gustado ver su cuerpo florecer con su alma
y crecer libremente en sus terribles juegos;
adivinar si su corazón incuba una sombría llama
en las húmedas nieblas que nadan en sus ojos;

recorrer despacio sus magníficas formas;
escalar sobre las vertientes de sus rodillas gigantes,
y algunas veces en verano, cuando los soles malsanos

la hacen extenderse, cansada, a través de la campiña,
dormir descuidadamente a la sombra de los senos,
como una aldea tranquila al pie de una montaña.

Lo que para Baudelaire había sido únicamente un anhelo, para mí era una enorme realidad. Habría querido que nuestra relación fuera igual de gigantesca que ella, y permanecer a su lado mil años. Pero no pudo ser. ¿Que por qué? Pues ya lo he indicado casi involuntariamente al decir, en la presentación del poema, que por aquella época Gertrudis no hablaba francés. Lo que quiero decir es que ahora sí lo habla. Es más, imparte sus clases en la facultad de Filología, sección Lengua Francesa, y su marido es, ¡ay!, un parisino que le recita todos los días «La Géante», pero en versión original y con acento de Montmartre.

Mi siguiente amor nació condenado, porque, inconsolable tras la pérdida de Gertrudis, me refugié en el cine y me enamoré de Helena de Troya. Cada vez que Príamo gritaba aquello de «tú eres Helena, y tu nombre está escrito con letras de fuego», mi corazón comenzaba a palpitar con fuerza. Pero ¿qué podía hacer? El problema no era Paris; el problema era que aquello era una película.

Ingrid fue un amor fugaz. Venía del norte haciendo autoestop, igual que Anuchka, y su ilusión era llegar a Italia. «Me encantan los italianos», me dijo nada más subir a mi Citröen. «*Io sono italiano*», le dije. Nuestro romance duró lo que tardamos en cruzar la frontera de Ventimiglia. A partir de aquel momento, se descubrió el pastel, y ahí terminó todo.

A Josefa la conocí en un curso de inglés. Dos semanas más tarde, en plena explicación de los pronombres posesivos, *my knee* tocó *her knee*, y nuestra relación se puso en marcha a la velocidad de un *horse* al galope. Todo iba bien hasta que un día, al final de una clase de las de *knee* con *knee*, ella me dijo: «No me llames Josefa. Llámame Pepita». Salí *flying* de aquel lugar, y allí se acabaron mi *love* y mi *English*.

Karmele era una vasca que tocaba el ukelele. Como es natural, las relaciones con una vasca que toca el ukelele no pueden ser duraderas. Y en mi caso tampoco lo fueron. ¡Adiós, Karmele! ¡Que te vaya bien con tu ukelele!

Lejos ya de Karmele, conocí a Laura, Miranda y Nuria. Las tres me gustaban por igual, y cada vez que estaba con ellas me sentía como quien, en el centro de un triángulo equilátero, no sabe hacia qué vértice tirar. Las dudas crecieron, el tiempo pasó, y mis tres equidistantes amores volaron lejos de mí. Laura se fue con Nuria, y Miranda con Pisón, un escritor que también tenía un Citröen.

Obdulia lo tenía todo, menos el nombre. Un día me planté y le dije: «O cambias de nombre o cambias de amante». Nunca más la he vuelto a ver.

La pobre Purita. Me quería mucho, pero con Paquita y Pepita ya había tenido suficiente. Le dije: «Lo siento, hace ya algún tiempo que salgo con Rosa».

Rosa nunca existió. Siempre quise tener una amiga que se llamara así, por el abundante material poético que sobre esa flor tengo a mi disposición, pero cada vez que creía tropezarme con una de ellas resultaba que la supuesta Rosa no era Rosa no era Rosa, sino que era Sandra, o Teresa, o Ulla, o Vanessa, o lo que es peor, Sandra con equis. Así que me quedaba con las ganas, sin poder dar salida a mi material.

Yolanda y Zoraida, ellas fueron mis últimos amores de aquel maravilloso verano. A Yolanda, en la intimidad, la llamaba yogur, que nadie pregunte por qué. En cuanto a Zoraida, ¿qué decir de Zoraida? Sólo que ya no está conmigo, que volvió al desierto. Yo le escribí, ella me escribió. Yo le contaba mentiras: «Zoraida, lo que más me gusta de ti son tus ojos». Ella me contaba verdades: «Pienso en ti constantemente. Cuando miro por el resquicio de la tienda y veo una manada de chacales correr bajo la luna, se me figura que tú eres uno de ellos, y que vienes a por mí como viniste aquella vez». Pero un día, después de cien cartas, ella dejó de escribir. Zoraida, ¿qué te pasó? ¿Te olvidaste de mí? ¿Te comió un chacal? Si recibes este mensaje, escríbeme la carta ciento uno, por favor.

LISTA DE CASOS

Debo ahora hablar de lo que no sé hablar, de lo que yo normalmente callo y los demás también callan; debo hablar de la enfermedad y de la muerte. Pero ¿qué decir de la siniestra pareja? Si fuera espontáneo, si dejara que mi reacción se detuviera en lo dictado por la pura espontaneidad, permanecería mudo. Al no poder ceder a ese deseo, al no estarme permitida la sensatez, intentaré centrarme en el tema y atrapar, como hacen los pescadores furtivos con las truchas del río, las ideas que nadan, o nadean, por mi cabeza. En otras palabras, voy a hacer una lista de casos.

El caso de Ángela, por ejemplo, que abre un libro de Antonin Artaud y me lee una de sus páginas:

Una noche de fines de abril o principios de mayo de 1720, alrededor de veinte días antes que el buque *Gran-Saint Antoine* arribara a Marsella, el virrey de Cerdeña, a quien sus reducidas responsabilidades monárquicas habían sensibilizado quizá al más pernicioso de los virus, tuvo un sueño particularmente penoso: se vio apestado, y vio los estragos de la peste en su estado minúsculo. Bajo la acción del flagelo, de la peste, las formas sociales se desintegraban, el orden se derrumbaba, la vida comenzaba a discurrir al revés: el hijo hasta entonces sumiso y virtuoso mata a su padre; el lujurioso se convierte en puro; el avaro arroja puñados de oro por las ventanas. El héroe guerrero incendia la ciudad que salvó en otro tiempo arriesgando la vida...

Ángela deja de leer al llegar a este punto, y se pone a reflexionar en voz alta:

–Si lo que cuenta Antonin Artaud es cierto, en la realidad ocurrió lo mismo que en el sueño. Todo se puso del revés. Por eso puede decirse que la enfermedad de moda, la «peste del siglo XX», como le llaman algunos periódicos, es lo contrario de las pestes de otros siglos: no altera el orden social, sino que lo fortalece y consolida. Yo la definiría como una peste reaccionaria.

Y del caso de Ángela al de Bruno, a quien sus amigos llaman Bru, que me pasa el libro de Hervé Guibert *El amigo que no me salvó la vida* y me indica un párrafo en el que el autor refiere una conversación con Muzil, es decir, con el filósofo Michel Foucault:

Cenando a solas con Muzil al día siguiente, le conté lo que Bill me había explicado sobre esa nueva enfermedad. Desternillándose de la risa, se dejó caer al suelo desde el canapé: «Un cáncer que sólo nos afectaría a los homosexuales, no, sería demasiado bello para que fuese verdad... ¡Es para morirse de risa!».

–Al principio –dice Bru al ver que ya he terminado de leer

el párrafo–, la gente normal, la gente que no es ni homosexual ni yonqui, quiero decir, sentía una cierta simpatía por la enfermedad. No por las mismas razones que Foucault, claro, sino por las opuestas. Lo que quiero decir es que a ellos la enfermedad no les venía mal del todo. Los dejaba tranquilos, y les daba una buena razón para compadecerse de aquellos que, en el fondo, siempre habían considerado dignos de compasión. Porque, desengañémonos, para una persona normal nada es más frustrante e incómodo que ver a un homosexual o a un yonqui disfrutando de la vida y siendo feliz. ¿Un homosexual triste y atormentado? Bueno, eso puede pasar. ¿Un yonqui arrastrándose por la calle? Bueno, pues también eso puede pasar. Pero homosexuales o yonquis felices, eso no puede ser, es casi un agravio. Así que, con la enfermedad, el problema estaba resuelto... «¿Sabes que Fulano está en el hospital muy grave?» «Pues sí, ya lo sabía. Desde luego, qué mal lo tienen ahora los homosexuales. Siempre lo han tenido mal, y ahora peor.» Así estaban las cosas cuando comenzó a saberse toda la verdad: la peste no perdona a nadie. Puede que, como ocurre en los accidentes de carretera, las personas menos protegidas, las de chapa más débil, sufran el impacto en mayor medida, pero, por muy consoladores que sean los porcentajes, la cruda verdad es que cualquiera puede verse afectado. Desde ese momento, la actitud de la sociedad ha cambiado. No le ha quedado otro remedio que comprender de verdad; desde la experiencia, desde cerca.

Mientras Bruno hacía su reflexión yo me acordaba de Cristian, un intelectual de aspecto delicado y maneras educadas. Después de una mesa redonda, durante la cena, le pregunto por el escritor africano que ha intervenido junto a nosotros y que no ha acudido al restaurante. Quizás por lo inesperada, la respuesta de Cristian me deja cortado. «Habrá ido a cazar a alguien», me dice con una sonrisa. «Según tengo entendido, sólo le gusta la carne humana.» Así ocurre a veces: bajo el barniz humano, aparece la crueldad, la fobia, el deseo de destruir al prójimo, y aunque no todos los días se lincha a alguien, el linchamiento, simbólico o real, siempre está ahí, en potencia, como una posibilidad cierta. En ese sentido, la enfermedad de moda también ha servido para saciar las ansias agresivas de la gente.

No le cuento a Bruno lo que acabo de pensar, porque él sólo tiene en cuenta la actitud entre buena y tonta de la gente, que es la que le hace sentirse bien cuando actúa compasivamente; como tampoco le cuento el caso de Diana, una mujer joven que trabaja como recepcionista en un gran hospital. «No vayas por ese pasillo», me informa cuando le pregunto por la habitación de un familiar, «porque por ahí se va al pabellón de los infecciosos». Pone tal cara al nombrarlos que le pregunto: «¿Qué pasa? ¿Te dan muchos problemas?». «¿Problemas?», exclama ella, «es lo único que saben dar. A mí y a todo el mundo. Vienen aquí y lo primero que hacen es robar todo lo que pueden. Es una gentuza que no debería estar aquí. Es una vergüenza que el dinero de nuestros impuestos se entierre de esta manera».

Diana no es una persona especialmente malvada. Ella no se compadece de quien está mal y del que, a pesar de todo, aun portándose como un canalla, merecería su respeto; pero tampoco participaría en un linchamiento. Como la mayoría de los que hablan de impuestos y del destino que se debería dar al dinero público, se siente antes que nada una ciudadana, una persona amante del progreso y las instituciones, y lo que en realidad le irrita es la poca colaboración de esos enfermos. Si de ella dependiera, metería a todos en un barco y los llevaría a una isla donde no faltaría de nada, y donde ellos, los enfermos infecciosos, podrían tener una autonomía y organizarse por su cuenta y riesgo. Al fin y al cabo, la constitución de esa nación sería más que lógica: respondería, primero, a una antigua tradición, a aquellas *stultifera navis* en las que se metía a los locos, y respondería también, aunque sea triste decirlo, a esa verdad profunda que expuso el poeta chileno Enrique Lihn en su libro autobiográfico *Diario de muerte*:

HAY SÓLO DOS PAÍSES

Hay sólo dos países: el de los sanos y el de los enfermos
por un tiempo se puede gozar de doble nacionalidad
pero, a la larga, eso no tiene sentido
Duele separarse, poco a poco, de los sanos a quienes
seguiremos unidos, hasta la muerte
separadamente unidos
Con los enfermos cabe una creciente complicidad
que en nada se parece a la amistad o al amor
(esas mitologías que dan sus últimos frutos
a unos pasos del hacha)
Empezamos a enviar y recibir mensajes
de nuestros verdaderos conciudadanos
una palabra de aliento
un folleto sobre el cáncer.

Y del poema de Enrique Lihn, a la carta que me escribe Elisa:

Como ya sabrás, mi hermano murió hace dos meses. Ya había salido de la droga, pero, por lo visto, estaba infectado de antes. Eso es quizás lo que más rabia me da: que se ha ido después de todo el esfuerzo por dejar el caballo. Lo deja, y como premio, la patada. A mí me ha afectado mucho y aunque te parezca mentira he empezado a ir a la iglesia. Yo no sé si habrá algo o no habrá algo, pero esta última temporada he pensado en más de una cosa rara. La verdad es que no tengo apoyo de ningún tipo y necesito agarrarme a algo.

La carta de Elisa está ahora en el cajón de mi escritorio, pero las cuestiones que me planteé al leerla por primera vez siguen fuera de ese cajón. ¿Qué debería decir a Elisa? O más en general, ¿qué actitud debería tomar ante este tipo de reacciones, ante estas salidas de pata de banco, metafísicas, superficialmente religiosas? Hubo una época en que esa clase de actitudes me irritaba, pero mis reacciones carecen ahora de esa claridad. Me doy cuenta de que la ideología, la visión del mundo, se parece mucho a esa secreción que producen los árboles cuando han sufrido un tajo o cualquier otro daño en la corteza; que se fabrica según unas necesidades concretas y siguiendo siempre un criterio práctico. Hace unos meses, en Marrakesh, conocí a Hassan, un desheredado que hacía de guía y trapicheaba por los alrededores de la plaza Djna al Fna. Por un azar, pasamos en motocicleta por delante del hotel más lujoso de África, el Mammounia. «Si yo quisiera pasar una noche aquí, tendría que gastarme el dinero que gano en dos meses», me dijo. Aquella noche, con más confianza, me explicó su punto de vista sobre el hotel y sobre todo el barrio moderno: le parecía mal, y estaba seguro de que a la gente que vivía allí Alá acabaría castigándola. A él no, porque vivía como siempre, a la manera tradicional, vistiendo su chilaba y cumpliendo fielmente los preceptos del Corán.

Hassan era, desde luego, un integrista, y lo será todavía más el día en que alguien le organice y le dé una teoría un poco más amplia que la que ahora posee. Sin embargo, mi impresión es –o lo era mientras hablaba con él– que Hassan no creía realmente en lo que decía, sino que quería creer, y que ponía en ello un empeño enorme, que luchaba con la fuerza y la ceguera de los que, en Occidente, se pasan la vida de dieta en dieta y persiguiendo su peso ideal. ¿Era irracional Hassan? ¿Son irracionales los que viven sometidos a una puritana idea de la salud o de la belleza? ¿Son irracionales los que, ante la desgracia, recurren a la fe en Dios o las ideas de una secta? Yo tengo la sospecha de que Hassan y todos los demás recurren a lo irracional porque, en sus circunstancias, les resulta –permítaseme esta palabra– lo más práctico. Si pudiera ser rico, Hassan optaría probablemente por el liberalismo económico y por una religiosidad discreta y apariencial; pero, como no lo es, opta por el integrismo.

Lo que vale para Hassan, vale para Elisa, que antes trabajaba en un grupo de teatro y ahora, tras la muerte de su hermano, va a la iglesia diariamente.

De Elisa a Félix, otro actor, que se acerca al director de la película y le dice: «Date prisa con mis escenas, que me queda poca mecha». Muere a los cinco días en Barcelona: sereno, sin una concesión a la tristeza o a la solemnidad o a la fe de sus padres, marchándose de este mundo –como decía él con cierto orgullo– sin haber pertenecido jamás a ninguna organización, ni siquiera a la de afectados por el sida.

De Félix a Gonzalo, que me habla de morir digna y suavemente, y que me lee un poema de Anne Sexton, titulado «En el hospital»:

Tengo miedo de las agujas,
estoy cansada de sábanas de hule y de tubos.
Estoy cansada de rostros que no conozco,
y creo que es ahora cuando comienza la muerte.
La muerte empieza como un sueño
lleno de objetos, y con la sonrisa de mi hermana.
Somos jóvenes y vamos a pie
recogiendo arándanos silvestres y azules
por el camino de Damariscotta.
Oh, Susan, gritó ella,
has manchado tu chaleco nuevo.
Un sabor dulce,
y mi boca llena
con un azul dulce en los labios.
¿Qué hace usted? ¡Déjeme en paz!
¿No ve que estoy soñando?
Cuando se sueña nunca se tienen ochenta años.

Y de Gonzalo a Hilario, que no conoce el poema de Anne Sexton ni ningún otro poema, y que me agarra en un bar y me cuenta la historia que, a partir de la popularización de la enfermedad, va contándose por todas partes:

–Pues resulta que un hombre, un hombre bastante mayor,

como yo más o menos, se fue con una chavalita a la cama, y al acabar, tú ya me entiendes, cuando ya habían terminado de echar el polvo, va la chavalita y le dice: «Bueno, pues ahora ya tienes el sida, te lo he pegado igual que otros me lo pegaron a mí».

Los casos de Juan, Koldo, Lorenzo, Manolo y Nano. Están delante de mí escuchando o haciendo que me escuchan. Los cinco están internos en la cárcel. Los cinco están enfermos.

«Salvo Lorenzo», me dice Olga, la asistente social, «todos estaban sanos cuando los metieron presos». Escuchándola, es inevitable pensar que, a la hora del castigo, lo mismo da una ración que ración y media; que, en determinadas –pero comunes– circunstancias, la mayoría de las condenas acaban siendo a muerte.

La respuesta de Anthony Perkins. Hace unos tres años, el actor Anthony Perkins fue entrevistado en un programa de televisión que, comparativamente hablando, parecía serio.

–Y ahora, una última pregunta, Sr. Perkins. Según tengo entendido, algunas revistas de Estados Unidos, de las que podríamos llamar amarillas, han publicado que usted estaba enfermo de sida. Dígame, ¿es verdad lo que han escrito esos periodistas amarillos o es una calumnia?

Respuesta de Anthony Perkins:

–Usted ha repetido la pregunta. Por lo tanto, no es mejor que ellos.

Le cuento la anécdota a Ramón, que dice:

–Desde hace siglos existe la territorialización, existen espacios que separan a los locos, los enfermos o los pobres del resto de la gente. Lo que es nuevo es su incorporación al espectáculo. Enciende uno la televisión, y allí está el pobre contando sus penas, el loco haciendo sus locuras o el enfermo mostrando sus llagas. Claro que, por otra parte, es el único espacio del que disponen para hablar.

Sara y Timoteo. Están los dos en una casa de acogida de enfermos. «Nuestra familia no nos quiere ni ver», dice Timoteo. «Pasan completamente de nosotros», añade Sara. Su testimonio me recordó lo que con tanta dureza escribió en su libro el anteriormente citado Hervé Guibert:

> Confesárselo a mis padres sería como exponerme a que el mundo entero me cagase en el mismo momento en la jeta, como que me cagasen en la jeta todos los mediocres de la tierra, como dejar que mi jeta fuera machacada por su mierda infecta. Mi preocupación principal de todo este asunto es morir lo más lejos posible de la mirada de mis padres.

Igual que lo de Timoteo y Sara me recordó a Guibert, lo de Guibert me recordó algo que había leído en una novela. Decía la protagonista:

> ...la familia, el grupo de amigos, la misma sociedad –que no era sino una prolongación de la familia–, resultaban un buen refugio durante la infancia, una especie de alfombra por la que caminar sin cuidado, sin pisar el suelo helado o sin herirse, como decía un poema, con las afiladas piedras del laberinto; pero luego, a medida que la persona iba creciendo y madurando, aquella alfombra comenzaba a

gastarse o a deshilacharse, o peor aún, se convertía en una sustancia viscosa, una costra que se pegaba a los pies e impedía cualquier movimiento. ¡Y pobre del que se rebelara contra la sustancia viscosa! ¡Pobre del que renegara de la ley de la familia!

Al hilo de este texto, se me ocurren varias preguntas: ¿Dónde queda aquel *bel morir* rodeado de familiares y amigos? ¿Siguen las familias de ahora actuando como las de antes, dándolo todo por sus miembros a condición de que éstos pertenezcan también del todo a la familia? ¿Cómo está esa cuestión?

Cambio ahora completamente de tono, y leo el aforismo de Lichtenberg que me envió Uxua:

> Hay dos caminos para alargar la vida. El primero consiste en alejar los puntos del nacimiento y la muerte. Se han inventado tantas máquinas y cosas para lograrlo que si uno las viera todas juntas sería imposible pensar que sirven para alargar un camino. Entre los médicos hay quienes han contribuido mucho a esta materia. La otra forma consiste en caminar más lento y dejar los dos puntos donde Dios quiera. Ésta corresponde a los filósofos, que saben que no hay nada mejor que recolectar plantas, caminar sin rumbo fijo, saltar una tumba de vez en cuando, dar un rodeo hacia terreno despejado, donde no hay quien observe y uno se atreva a dar una voltereta, y así en adelante.

Es el turno de la V, la X, la Y y la Z. No sé qué significan esas letras, no sé qué son. Lo único que sé es que este alfabeto sobre la enfermedad y la muerte ha terminado.

LISTA DE LOCOS

Antonio, un campesino que en su juventud había ganado algunas carreras ciclistas, y que luego empezó a tener una especie de ataque nervioso que le obligaba a hablar sin parar durante horas. Vivió más o menos feliz hasta que sus familiares, aleccionados por el médico de la aldea donde vivían, decidieron someterle a un tratamiento psiquiátrico que incluía el *electroshock.* «Yo ya he estado en el infierno», dijo a la vuelta del hospital. En adelante, siguió viviendo más o menos como antes, ayudando a su familia en las labores del campo y entreteniéndose con sus amigos en un bar próximo a su granja, pero nunca perdió la marca que el miedo le había dejado durante el tratamiento. De vez en cuando, huía de casa y se pasaba la noche escondido entre los maizales. Las llamadas de teléfono le sobresaltaban. Evitaba encontrarse con el médico. Cuando, unos años más tarde, lo metieron en un taxi para volver a ingresarle en el secadero –nombre que entonces se daba al psiquiátrico por la cantidad de alcohólicos que iban a parar allí–, Antonio se tiró en marcha del coche y huyó al monte. «Yo ya he estado en el infierno, no quiero volver allí», dijo a los que le encontraron escondido en una cueva. No volvió. Su familia se compadeció de él y prescindió de los médicos. Antonio vive ahora más o menos como siempre, con sus ataques nerviosos, su trabajo en el campo, sus amigos del bar y la cicatriz del miedo.

Baltasar, que pasó en unos pocos años de ser un estudiante excepcional, con foto segura en el cuadro de honor, a ser un estudiante mediocre. A juzgar por las apariencias, no soportó el cambio, y reaccionó mostrando una actitud ligeramente absurda. Se empeñaba por ejemplo en que las demostraciones matemáticas del libro de texto eran erróneas. «No puedo estudiar esto, no es correcto», decía. «Lo que pasa, Baltasar, es que no quieres presentarte al examen y estás buscando una excusa», le respondían sus compañeros de clase. Un día, un amigo lo encontró sentado en la ventana del noveno piso donde vivían, con las piernas hacia fuera y fumando un cigarrillo. «¿Qué haces, Baltasar?», le preguntó asustado. «Nada, quería saber si tengo vértigo.» Diez años más tarde –ya casado, trabajando de ingeniero en una empresa de construcción–, aparcó su coche en el viaducto de una autopista y se lanzó al vacío.

Carlos, que explicaba a sus amigos lo que realmente le pasaba. «Cuando se me funde un fusible aquí», decía señalando la cabeza, «se me funden todos, y ya no soy capaz de razonar». Según él, nadie tenía la culpa de aquel fenómeno, de los ataques de locura que le sobrevenían de vez en cuando. Se mofaba de las teorías freudianas: «La locura es una cuestión puramente química», decía, «en el futuro todo se arreglará con pastillas». Un día llamaron a sus padres desde una gendarmería francesa, distante de su casa unos cuatrocientos kilómetros:

Carlos había sido detenido cuando intentaba destrozar a martillazos una lápida del cementerio del lugar. Lo ingresaron, le dieron más pastillas, los amigos le visitaron y le hablaron. Pero no regresó de su mundo, las bombillas de su cabeza no se volvieron a encender.

Dora, que algunos días acudía a la cita con su novio provista de una cinta donde alguien había grabado secuencias de sonidos vagamente metálicos. «Vamos a escuchar esto en silencio», decía Dora metiendo la cinta en el radiocasete del coche, «es muy relajante». «¿Relajante?», decía el novio. «A mí no me relaja nada.» Un día, él le dijo: «Dora, no podemos seguir así». Ella respondió: «Si te crees que voy a olvidarme de mis cintas, estás muy equivocado. Ya te he dicho cien veces que me relajan mucho». Ambos se separaron, y ahora cada cual anda por su lado, Dora con un casete de auriculares y su novio con una chica que conoció después de separarse de Dora.

Esteban, un profesor de lengua que empezó a escribir textos tan incomprensibles como éste: «Fueron agotados hipotéticamente los que pudieron en una constatación agotada siendo que eran agotados y lo fueron los que agotados podrían serlo según la trama». «¿Qué has escrito aquí, Esteban?», le decían sus alumnos, «no se entiende nada». Esteban declaraba: «Algún día lo entenderéis». Pero no fue así, los alumnos nunca llegaron a entenderlo. «¿Por dónde anda Esteban?», pregunta ahora alguno de ellos en la cena anual de antiguos compañeros de colegio. Escucha entonces la verdad: que Esteban ya no habla con nadie, que se pasa la vida en un pretil de la carretera con un libro, que nunca abre, bajo el brazo.

Félix, un anciano al que de vez en cuando le da por ir semidesnudo a la iglesia. «¿Cómo puedes venir así a un lugar santo como éste?», le pregunta el párroco. «¿No tengo derecho?», responde él señalando a los apóstoles que, semidesnudos como él, ocupan el centro del retablo. Y luego añade: «Si san Pedro y sus compañeros anduvieron así, yo también». Incapaz de encontrar buenos argumentos, el párroco se limita a llevarle a un sitio donde no le puedan ver los feligreses, casi siempre al coro.

Gregoria, de 38 años, que sale a pasear todas las tardes vestida de punta en blanco, y que cada vez que un hombre se para junto a ella –en un puesto de helados, por ejemplo– le cuenta lo que le pasó: «De pequeña tuve unas fiebres tremendas, y me quedé un poco tonta. Por eso no puedo ser maestra como mi hermana, ni me puedo casar, ni nada. Lo único que puedo hacer es pasear con estas amigas mías que se llaman Isabel y Honoria».

Honoria, de 47 años, que siempre añade algo a lo que dice su amiga Gregoria. Por ejemplo: «No le haga usted caso, señor. Lo que le pasa a ella es que está loca, lo mismo que yo».

Isabel, de 50 años, que también pone su parte en la conversación que sus amigas tienen con el extraño. «Pero si decimos que estamos locas, la gente se cree que vamos a quemar una casa o a hacer una guarrada, y nos coge miedo. Diciendo que somos tontas, en cambio, nos miran mejor. Les damos un poco de pena, pero nada más.»

Juan, que durante toda su vida sólo fue capaz de pronunciar una palabra: «atar». Se levantaba por las noches y ataba los zapatos de todos los que dormían en el pabellón de autistas de la residencia.

Koldo, que corre incansablemente por las calles de su pequeña ciudad de 30.000 habitantes gritando «¡Dejadme en paz, dejadme en paz!».

Lorenzo, primo de Esteban, que a los 20 años colaboraba en revistas literarias de vanguardia y que a los 25 acuchilló a su mujer y se tiró al tren.

Manuel, hijo de campesinos, a quien todos en la aldea trataban con desprecio por considerarle holgazán. «¿No te da vergüenza?», le decían, «tu anciano padre trabajando en el campo y tú aquí sentado en el bar». A veces, los insultos iban a más y acababan con un tortazo: «¡Desgraciado! ¡Más que desgraciado! ¡A palos te llevaba yo a trabajar!». Un día, por azar, la escena tuvo como testigo a un profesor de psicología. «Hacéis mal en tratar así a este joven», dijo. «Padece una depresión que le incapacita para una vida activa.» Durante un rato, los clientes del bar examinaron al profesor con la mirada. «¡Habrase visto cosa igual!», exclamó al fin uno de ellos, «¡ni siquiera es capaz de reconocer a un holgazán!».

Natalia, de 32 años, ilustradora de profesión, a la que sus amigas ya no quieren. «No soporto que un día me llame cinco veces por teléfono y que al siguiente pase por mi lado sin saludarme», dice una de ellas. «Además, siempre habla de sí misma, no tiene más tema de conversación que sus líos y sus problemas», añade otra. «En eso se parecen los niños y los locos, en su extrema egolatría», dice una tercera. «Ya, pero es lo único en que se parecen», puntualiza con mal humor la que había hablado en primer lugar.

Onofre, que asiste a un cursillo de reciclaje del profesorado y que insulta gravemente a sus compañeros cuando éstos tosen o estornudan. «¡Cerdo!», grita Onofre a su compañero acatarrado. «¡Rata asquerosa!», grita a su compañera con alergia. A los dos meses –tras la sorpresa, tras las amabilidades– todos comprenden que Onofre los detesta y que siempre, hagan lo que hagan, los detestará.

Panero, poeta, una de las voces más emocionantes de la literatura española actual, autor de libros como *Así se fundó Carnaby Street, En lugar del hijo* o *Narciso*. Traductor de Lewis Carroll y de Edward Lear. Internado durante muchos años en el sanatorio psiquiátrico de Mondragón, en el País Vasco. Escribe así Panero en el poema titulado «El loco mirando desde la puerta del jardín»:

Hombre normal que por un momento
cruzas tu vida con la del esperpento
has de saber que no fue por matar al pelícano
sino por nada por lo que yazgo aquí entre otros sepulcros
y que a nada sino al azar y a ninguna voluntad sagrada
de demonio o de dios debo mi ruina.

Ricardo, que en su juventud tuvo una crisis y pasó por el sanatorio psiquiátrico, y que ahora acaba de publicar un artículo que trata del poder médico en la sociedad recordando lo que el novelista Benito Pérez Galdós escribió a finales del siglo XIX sobre el manicomio modelo de Madrid:

Cualquiera que despertara súbitamente a la razón y se encontrase en el departamento de pobres, entre turba lastimosa de seres que sólo tienen de humano la figura, y se viera en un corral más propio para gallinas que para enfermos, volvería seguramente a caer en la demencia con la monomanía de ser bestia dañina. ¡En aquellos locales primitivos, apenas tocados aún por la Administración reformista, en el largo pasillo, formado por larga fila de jaulas, en el patio de tierra, donde se revuelcan los imbéciles y hacen piruetas los exaltados, allí, allí es donde se ve todo el horror de esa sección espantosa de la Beneficencia, en que se reúnen la caridad cristiana y la defensa social, estableciendo una lúgubre fortaleza llamada manicomio, que juntamente es hospital y presidio!

Sebastián, que aceptó escribir un artículo en la revista *El globo rojo,* dirigida por el poeta Panero y publicada en el sanatorio psiquiátrico de Mondragón, un artículo, «La vida en un sanatorio», que dice lo siguiente:

En la mañana de hoy me he despertado a las 8.30. Me he vestido y después me he lavado la cara y me he afeitado. Después seco mis manos y seco mi cara. Me lavo las manos con jabón.

Salgo de mi habitación y entro en el comedor. Desayuno café con leche con sopas.

Después voy al almacén y compro tabaco con caja de cerillas.

Después voy al pasillo del pabellón del Corazón Sagrado de Jesús y ando con los enfermos.

A las 10.30 horas de la mañana abren el bar y gasto la comida y gasto la bebida.

A las 12.30 de la mañana se come en el comedor, después se toma café en el bar.

A la 1 de la tarde se sale del sanatorio y se va a los bares o se va a los pueblos.

Se vuelve a las 7 de la tarde y se ve la televisión.

A las 8 horas de la noche se cena. Después de la cena se ve la televisión o se va a la cama.

En la habitación se oye la radio o se lee.

Y así es la vida en un sanatorio.

Tomás, de 54 años, alias Tomasillo, alias IBM. Definido como simple por los médicos, incapaz de valerse por sí mismo en las cosas prácticas de la vida, tiene sin embargo una sorprendente capacidad de cálculo. «Calcula, Tomasillo», le dice su tía, vendedora de quesos en el mercado. «Trescientos gramos de Roquefort a mil doscientas, ochocientos de Idiazábal a mil seiscientas, setecientos de Cabrales a mil cien.» Acaba su tía de hablar y Tomasillo ya tiene la respuesta exacta: «Dos mil cuatrocientas diez». La gente disfruta con la habilidad de Tomasillo y Tomasillo disfruta con la admiración de la gente. Mientras tanto, los quesos van vendiéndose a buen ritmo.

Úrsula, miss Facultad de Medicina el año en que acabó la carrera. Empezó a ejercer como doctora infantil en un pueblo industrial del País Vasco, y perdió el puesto dos años después, acusada de negligencia criminal. Tras un periodo de enclaustramiento en una residencia privada, volvió al pueblo peor que antes, con una risa floja que no la abandonaba nunca. Se suicidó el día en que cumplía 27 años tirándose desde un quinto piso.

Vicente, que empezó a demorarse en el cuarto de baño. «Al principio entraba a las ocho y salía hacia las diez. Ahora en cambio no sale en toda la mañana», le dijo su madre al médico. «¿Por qué pasas tantas horas en el cuarto de baño?», le preguntó el médico a Vicente. «Para comprobar si estoy enfermo o no. Como usted sabe, si las enfermedades se cogen a tiempo se curan.»

Willy, antiguo boxeador, que se cree Jesucristo y se esconde en las iglesias. Si la actitud de los feligreses que escuchan misa le parece irrespetuosa, sale del escondite y se lía a golpes con ellos. No obstante, resulta inofensivo. Alcohólico desde hace tiempo, pura piel y huesos, sólo los ancianos le miran con aprensión.

Xabier, que no volvió de uno de sus viajes con la droga.

Yolanda, que declaraba: «Si fuera rica, todos me considerarían una excéntrica. Desgraciadamente, no tengo dinero para pagar mi rescate. Ingresar en el manicomio es mi única manera de hacer frente a las deudas».

Zoilo, que se negaba a levantarse de la cama, y que, como yo, se pasaba los días haciendo alfabetos.

ADDENDA

Todos los textos que figuran en este libro han sido corregidos y transformados para la ocasión, pero muchos de ellos tuvieron originariamente otro destino. Empezando por el final, escribí «Lista de locos» para una publicación finlandesa; «Lista de casos», para una lectura pública organizada por el Comité Anti-sida de Navarra; el «Alfabeto sobre el único verano de mi vida en que fui un don Juan», para *El Mundo*; el «Alphabelette. Alfabeto francés en honor de Jorge Luis Borges», para su lectura en el Centro Georges Pompidou de París; el «Alfabeto sobre una canción de mar. ¡Adieu Bordeaux!», para un libro sobre la ciudad de Burdeos; el «Alfabeto sobre una marina», para el pintor Eduardo Sanz; «Tras los pasos de Holden Caulfield», para *El País*; el «Alfabeto sobre la montaña», para un libro artístico publicado por la BBK; la «Leccioncilla sobre el plagio o alfabeto que acaba en P», para la revista *Zehar*, publicado por Centro Arteleku de San Sebastián; «Plis plas, plis plas, plas plas. Medio alfabeto sobre la literatura vasca», para su lectura en la Universidad de la Sorbona, en París; «Desde Groenlandia con amor», para su lectura en los circuitos culturales en lengua vasca; «Sobre el tiempo. Mesa redonda con hooligan», para el libro *Cuentos de fútbol* publicado por Alfaguara; «Un cuento para Violante», para unas jornadas literarias que, con el título «Ejercicios de estilo», se celebraron en Oviedo; «Cuento sorprendente en forma de alfabeto», para *El País.* Sin estos primeros destinos, este libro estaría aún por acabar. Esta lista es, pues, por encima de todo, una forma de expresar mi agradecimiento a las personas que se acordaron de mí y me pusieron a trabajar.

Las traducciones de los textos, si no son del propio autor, se han recogido de:

Sylvia Plath (pág. 69) y Anne Sexton (pág. 236): trad. de E. L. Revol, en *Poetas norteamericanos contemporáneos*, Ediciones Librerías Fausto, Buenos Aires 1976.

Marcial (págs. 133-134): trad. de Luis Alberto de Cuenca y Antonio Alvar, en *Antología de la poesía latina*, Alianza Editorial, Madrid 1981.

Virgilio (pág. 135): trad. de Eugenio de Ochoa y de Germán Salinas, en *Virgilio y Horacio, obras poéticas*, Éxito, Barcelona 1969.

Novalis (pág. 136) y Schlegel (pág. 138): textos incluidos en *Teoría de la literatura*, de Vítor Manuel de Aguiar e Silva, traducido por Valentín García Yebra, Gredos, Madrid 1972.

Diderot (págs. 141-142): trad. de Kurt y Zaida Jung, en *Textos para una estética literaria*, Editorial Universitaria, S. de Chile 1972.

R. L. Stevenson (págs. 149-150): trad. de Asun Garikano, en *Zai*, Ediciones Emak Bakia Baita, Gasteiz 1998.

E. Dickinson (págs. 170-171): trad. de Margarita Ardanaz, en *Poemas*, Cátedra, Madrid 1987.

H. Guibert (pág. 238): trad. de Rafael Panizo, en *Al amigo que me salvó la vida*, Tusquets, Barcelona 1991.

G. C. Lichtenberg (pág. 239): trad. de Juan José del Solar, en *Aforismos*, Edhasa, Barcelona 1991 (4.ª ed.).

LIBROS DEL TIEMPO

ÚLTIMOS TÍTULOS PUBLICADOS:

46. EL LEVIATÁN
Joseph Roth

47. MADAME DU DEFFAND Y SU MUNDO
Benedetta Craveri
Serie Mayor

48. LIBRO DEL FRÍO
Antonio Gamoneda

49. LA MANSIÓN DE ARAUCAÍMA Y CUADERNOS DEL PALACIO NEGRO
Álvaro Mutis

50. LA HISTORIA SIGUIENTE
Cees Nooteboom

51. EL LEOPARDO DE LAS NIEVES
Peter Matthiessen

52. LA OLLA DE ORO
James Stephens

53. DIARIOS 1925-1930
Virginia Woolf
Serie Mayor

54. EN EL CASTILLO DE ARGOL
Julien Gracq

55. LAS MEMORIAS DEL EXTINTO SR. ASHLEY
Marianne Hauser

56. EN LA LAGUNA ESTIGIA
Peter Matthiessen

57. POESÍA COMPLETA
Obra Completa. Volumen I
Luis Cernuda

58. LITERATURA Y FANTASMA
Javier Marías

59. LA RAZÓN EN LA SOMBRA
Antología
María Zambrano

60. LOS RECUERDOS DEL PORVENIR
Elena Garro

61. EL ÚLTIMO GATOPARDO. VIDA DE GIUSEPPE DI LAMPEDUSA
David Gilmour
Serie Mayor

62. EL ROSTRO AJENO
Kôbô Abe

63. LA SED DE LO PERDIDO
Eliseo Diego

64. LAS ESTACIONES
Maurice Pons

65. EL BURDEL DE LAS GITANAS
Mircea Eliade

66. PROSA I
Obra completa. Volumen II
Luis Cernuda

67. ¡MOKUSEI!
Cees Nooteboom

68. ESPAÑA, SUEÑO Y VERDAD
María Zambrano

69. EL PESO FALSO
Joseph Roth

70. IDAS Y VENIDAS
Bernard Comment

71. ERMITAÑO EN PARÍS
Italo Calvino

72. PROSA II
Obra completa. Volumen III
Luis Cernuda

73. ESPERANDO EL PORVENIR
Carmen Martín Gaite

74. COMO ALMAS QUE LLEVA EL DIABLO
Barry Hannah

75. EL MURO
Marlen Haushofer

76. INCESTO
Diario amoroso: 1932-1934
Anaïs Nin

77. AMORES QUE ATAN
Belles Lettres
Julián Ríos

78. VIAJE DE ESTUDIOS
Menchu Gutiérrez

79. TRATADO DE LAS PASIONES
António Lobo Antunes

80. EL JUEGO DE LOS CABALLOS
Fernando Savater

81. JOSÉ LUIS SAMPEDRO.
LA ESCRITURA NECESARIA
Gloria Palacios

82. TIERRA ROJA
Vikram Chandra

83. EL ORDEN NATURAL DE LAS COSAS
António Lobo Antunes

84. THOMAS BERNHARD.
UNA BIOGRAFÍA
Miguel Sáenz

85. FUEGO
Diario amoroso: 1934-1937
Anaïs Nin

86. EL PASEO
Robert Walser

87. SABINA
Karsten Alnaes

88. LA MUERTE DE CARLOS GARDEL
António Lobo Antunes

89. MIL AÑOS MENOS CINCUENTA
Angela Abreu

90. VITA BREVIS
Jostein Gaarder

91. RELATOS CLÍNICOS
Sigmund Freud

92. EMPRESAS Y TRIBULACIONES
DE MAQROLL EL GAVIERO
Álvaro Mutis

93. LA HECHICERA
Marie Ndiaye

94. BESTIARIO
Joan Fontcuberta, Gustavo Martín Garzo, José M.ª Merino, Miquel de Palol, Álvaro Pombo y José Luis Sampedro

95. PALOMAR
Italo Calvino

96. LA ROSA
Robert Walser

97. COLECCIÓN DE ARENA
Italo Calvino

98. ADIÓS. HASTA MAÑANA
William Maxwell

99. LISTA DE LOCOS
Y otros alfabetos
Bernardo Atxaga

ISBN: 84-7844-364-9
Depósito legal: M-19.983-1998
Impreso en Artes Gráficas Huertas